story by sun sun sun
illustration by momoco
燦燦SUN
插畫 ももこ

聲地以俄語遮羞的
鄰座艾莉同學

5

Иногда Аля внезапно
кокетничает по-русски

Kadokawa Fantastic Novels

Иногда Аля внезапно кокетничает по-русски

序章 初識

「這次明明很有自信……」

「已經那麼努力練習了，為什麼……」

「又是那傢伙第一名嗎……他分明沒什麼練習。」

「我爸說沒成為第一就沒有意義……我受夠了。想放棄了……」

這肯定是更早以前就總是存在於周圍的話語。政近改由久世家祖父母照顧的不久之後，開始清楚意識到這些話語。

「這次也是那孩子當壓軸嗎？該不會是老師偏袒他吧？」

「聽說他家好像是歷史悠久的名門。老師肯定也顧慮到這一點喔。」

「為什麼我家的孩子落選啊！評分是不是怪怪的？」

「你看那孩子。把那個孩子送進名人堂是比較好的做法吧？你想想，這麼做的意義是可以把機會分給更多的孩子……」

努力卻得不到回報的人們嘆息聲在周圍捲成漩渦。還有眾人對自己的敵意與迴避。

說來諷刺，至今為了家人拚命的政近，是因為離開周防家才有餘力察覺這種事。

「啊～～啊，天才真是作弊啊。」

這是以前在某次鋼琴比賽獲勝的時候，一同參賽的某人對他說的話。

作弊……確實是這麼一回事吧。無論做什麼，只要按照教學投入某個程度的時間去做，總是能獲得超過預期的結果。其中沒有苦惱也沒有挫折。別說遇到障礙，連階梯之類的都沒感覺過。別人嘔心瀝血也做不到的事，政近不費吹灰之力就做得到。雖然從小就同時學習比別人更多的才藝，然而政近總是在各方面都首屈一指。

在游泳教室游得比任何人都快，學空手道比每天去道場的孩子更早拿到黑帶。在鋼琴成果發表會每次都負責壓軸，在書法教室的作品總是被張貼在最顯眼的位置。而且這不是因為喜歡才去學的。從一開始就沒什麼熱情可言。只是想回應外公的期待，想被母親誇獎，想讓妹妹安心。只是如此而已。如此而已……

（咦？既然這樣，我為什麼現在還在學才藝？）

明明母親不再稱讚了。明明害得外公失望了。何況在學校闖出那種禍，事到如今也沒什麼能讓妹妹安心的吧？繼續以作弊般的天分踐踏別人的努力又有什麼意義……想到這裡，政近終於察覺了。

「既然沒意義……那麼放棄比較好吧？」

肯定直到現在……在政近輝煌的經歷背後，也有許多人把眼淚往肚子裡吞。他們都是懷著發自心底的熱情拚命努力至今。自己直到現在都沒察覺他們寶貴的努力……無自覺地做了罪惡非常深重的事情。

「……好空虛。」

自己至今的所做所為，以及對於凡事都無法抱持熱情的自己。這一切都好空虛……

「政近，游泳教室的時間到了哦？」

奶奶一如往常來房間提醒的話語，也已經打不動政近的心。

「……我不去。」

「咦？啊啊……好吧，那麼今天就請假——」

「我再也不去了。我要放棄。要全部放棄。」

「……這樣啊。既然你想放棄，這麼做或許也好。」

聽到政近自暴自棄般平淡告知的話語，奶奶像是察覺了什麼般點點頭。沒否定也沒發問，平靜容許這一切。奶奶的這份溫柔令政近非常不自在。他從緣廊悄悄溜出去，漫無目的踏出腳步。快要走到商店街的時候，某種熱鬧的聲音傳入耳中。不經意看向聲音來源，位於該處的是電子遊樂場。

（電玩嗎……）

政近回想起學校的同班同學聊過的內容。看來普通的小學生好像熱中於打電玩。但是因為外公嚴清斷定這是壞東西，所以政近至今沒打過電玩。

「……」

對於外公的反抗心忽然湧上心頭，政近慢慢踏進電子遊樂場。然後玩起首先映入眼簾的打喪屍射擊遊戲。雖然剛開始不清楚操作方法而被秒殺，不過玩四次就掌握訣竅，玩第七次的時候順利打到最後大魔王。接著畫面顯示分數，給予B級的評價。

「……啊啊，減少被打的次數以及使用的子彈，分數會比較高嗎？」

原本想說莫名輕鬆就成功破關，看來比賽從現在才開始。現在的自己只是解開了所有考題。接下來能夠減少失誤提升分數到何種程度？這才是真正的比賽吧。

「哎，既然這樣就以滿分為目標吧。」

後來，政近仗著後面沒人排隊，一直連續玩到心滿意足。就這樣，在他終於打出自認是滿分的結果時……排行榜前段已經漂亮填滿他的名字。

「……差不多就這樣吧。」

政近突然迅速失去興趣，接著走向娃娃機。不過這也是玩幾次就掌握訣竅，再來只變成恣意抓取獎品的制式工作。而且政近並不想要獎品，所以把能抓的獎品抓光之後，全部分送給周圍旁觀的觀眾。這種事連續做了好幾天之後，周邊的電子遊樂場全部禁止政近進入了。

「哎，畢竟消息傳開，也開始有人跑來揩油，這也沒辦法吧……」

雖然試著這樣說服自己，內心殘留的煩悶卻沒有消失。即使在這種地方，過於優秀的人也會被驅除嗎？政近無論如何都無法阻止這種惆悵的情感湧上心頭。

「唉……這該怎麼處理？」

政近低頭看著雙手環抱的巨大布偶熊嘆氣。這是剛才店員委婉下逐客令的時候，政近剛好拿在手上的娃娃機獎品。要退還也不是滋味，所以就這麼拿出來了……但這怎麼看都是適合小女生的東西。氣喘嚴重的有希不能有布偶，要送的話只能送綾乃……不過在無望回到周防家的現在，完全不知道什麼時候見得到面。說起來就算要送，也不知道該以什麼態度來送。

「……不然送給奶奶吧。」

輕聲這麼說的政近回過神來，發現自己來到一座設置許多遊樂設施的公園前面。不經意看向公園裡，有五個年紀差不多的女生聚在一起。同時，他的視線自然被其中一人吸引。

（咦，天使……？）

瞬間的忘我。內心在同一時間自然而然冒出這種感想。這名女孩就是這麼美麗得超脫現實。耀眼反射陽光的雪白肌膚，輕柔的金色長髮，閃亮的藍色眼眸。漂亮可愛得令人倒抽一口氣的容貌。但是那張可愛的臉蛋如今蒙上一層困惑與哀愁，像是在拚命訴求著什麼。

「要，捉，甚摸，啊？」

「等等，我聽不懂妳在說什麼耶～～？」

「拜託好好說日語啦～～瑪利亞～～」

少女努力說著結結巴巴的日語，周圍的女生揚起嘴角露出惡劣笑容旁觀。對此，少女更加拚命編織話語，不過四人恐怕已經猜到結果，繼續說著「聽不懂啦」「日語說得超爛」壞心眼地挑釁。這幅光景使得政近覺得似曾相識而扭曲表情。

四人組嘲笑少女的醜惡表情。面對比自己優秀的異質存在卻試著貶低與中傷，充滿惡意的表情。這樣的表情……和昔日死纏著政近，後來被政近以暴力制服的班上男生們一模一樣。

【我受夠了……完全傳達不了……】

少女終於以俄語輕聲說起喪氣話，另外四人像是抓準時機般開口。

「等一下等一下～～！我真的聽不懂妳在說什麼耶～～？」

「不知道什麼叫做入境隨俗嗎～～？外國人應該不知道吧～～」

「啊啊～～明明難得邀妳一起玩。算了，別管瑪利亞，我們自己玩吧～～？」

「對呀～～」

四人故意留下充滿惡意的話語之後，扔下少女跑走了。少女一瞬間想追上去，卻以雙手緊緊抓住裙子，佇立在原地不動。

「……」

過於令人作嘔的這幅光景，使得政近頓時想要朝著跑走的四個女生背部狠踹。但他立刻克制這份暴力性的衝動，看向被獨自留下的少女。

淡粉色的嘴唇緊閉，像是隨時會哭出來卻強忍淚水的嬌憐模樣。看到她這個樣子，政近胸口一緊感到難受。回過神來時，政近已經走向少女，以生硬的俄語搭話。

【沒事嗎？】

聽到這句問句，少女彈起來般抬起頭。然後她將微微溼潤的雙眼睜得好大，目不轉睛注視政近。

【咦，剛才……？】

【俄語，我會說……一點？】

只是將字詞串在一起，拙劣到有剩的俄語。不過少女頓時露出亮麗表情，以全身展現喜悅與興奮。

【咦，你會說俄語嗎？好厲害好厲害！】

「！」

老實說，政近聽不懂正確的意思。不過從勉強聽得清楚的字詞，可以理解到自己被她大力稱讚。最重要的是，這段純粹的稱讚以及閃閃發亮的雙眼……伴隨強烈的衝擊撼動政近的心。

【我是瑪夏！】

「咦，啊……？」

【瑪夏！】

自己也沒預料到的心境變化令政近不知所措的這時候，少女笑咪咪地對他這麼說。

【我的名字，叫什麼？】

「唔嗯……？啊啊，名字！那個……瑪……？」

剛開始以為是自己不懂的俄語，卻在後續的問答立刻理解這兩個字的意思。

【瑪夏！】

「瑪恰？」

【瑪，夏！】

「啊啊，瑪夏？」

政近如此確認之後，少女——瑪夏開心般反覆點頭，然後朝著政近張開手掌再說一次。

【你的名字，叫什麼？】

「啊……政近。周防，政近。」

【周方，沾津？】

「政近。政，近。」

【喔！真津！】

「唔，唔唔？哎……算了。」

總覺得名字的發音完全不對，政近即使有點納悶，還是勉強點頭回應。接著，瑪夏笑咪咪地稍微將視線下移之後開口。

【這孩子呢？】

「咦？」

【這孩子的名字呢？】

「嗯？啊啊！」

政近慢半拍察覺她在問布偶熊的名字，臉頰頓時發紅。這名天使般的少女誤會政近是「隨身帶著布偶熊的男生」，政近覺得非常難為情。

「不對——那個，電子遊樂場……這樣聽得懂嗎？電子，遊樂場。」

政近觀察瑪夏的反應，判斷她聽不懂，再度從腦中翻找出俄語。

【禮物……遊戲，禮物。我不要。給妳。】

【嗯？咦，要送我？】

【給妳。】

政近說完一把將布偶熊塞給瑪夏，瑪夏瞬間露出為難表情，接著開懷一笑。

【哇，真的嗎？謝謝！好可愛～～♡】

瑪夏像是開心得不得了般緊抱布偶熊，政近不知為何覺得像是自己也一起被緊抱。無法言喻的害羞與喜悅使得政近別過頭去，此時瑪夏再度發問。

【所以，這孩子的名字是？】

【沒有。沒有，名字。】

【是嗎？唔～～那你的名字就叫做薩繆爾三世！】

「……」

雖然聽不太清楚，不過布偶熊好像被取了一個很有個性的名字，政近露出含糊笑容。瑪夏牽起政近的手，以視線朝著圓頂狀的遊樂設施示意。

【真津，來玩吧？】

「什麼？」

【賽跑！】

「怎……怎麼了？啊……」

政近就這麼被拉著手開始跑。一開始以為是天使的少女不是天使，是天真爛漫的少女。但是她那張過於純真的笑臉……對於一直被投以迴避與厭惡表情的政近來說非常震撼。和瑪夏一起對話與嬉戲的過程中，政近感覺到自己乾裂的心逐漸癒合。想和她說更多話。想讓她看見自己更帥氣的一面。

在那之後，原本對於爺爺的俄羅斯電影興趣缺缺的政近，開始積極陪爺爺一起看電影。一度放棄的才藝又慢慢開始學了。這麼做或許只是拿瑪夏代替母親。或許只是在她身上尋求母親沒給予的認可與稱讚。

即使如此……這也確實是戀愛情感。

【真津，怎麼了？】

【唔～～……真津聽起來音調不太對，可以不要這麼叫我嗎？】

【是嗎？唔～～那我要怎麼叫你？】

【加個「阿」叫我「阿政」或是「阿近」之類的，比較像是暱稱……】

【這樣啊……那就叫你「阿薩」吧！】

【慢著，居然是從「政近（Masatika）」取「薩（SA）」這個音？】

哪有人是拿名字的第二音節當暱稱啊？政近如此心想露出苦笑，瑪夏笑咪咪將臉湊過來。

【那麼，我呢？】

「咦？」

【我的暱稱，你要怎麼叫？】

其實沒什麼好叫的，「瑪夏」已經是暱稱了。雖然政近不想再改……但是看見瑪夏閃閃發亮的期待眼神，他當然說不出這種話。

「唔～～……」

一時之間想到的是正常加個「小」的方案。不過即使是孩子，要使用這種稱呼方式也相當難為情……

【欸，要叫我什麼？】

「唔……」

不過聽她這麼逼問之後，「放棄」這個選項從腦中消失。政近移開視線，略顯猶豫地開口。

【那就叫妳……】

第1話 重逢與離別

「小……瑪？」

從記憶底層甦醒的這個稱呼，政近自然而然脫口而出。接著，瑪利亞就這麼掛著心酸的笑容慢慢點頭。

「嗯……是我喔，阿薩。」

聽到這句話之後，一直藏在濃霧後方「那孩子」的面容，和眼前瑪利亞的容貌確實重疊……重疊……………

（不，沒重疊啊？）

雖然終於清楚回想起那孩子……不對，是回想起小瑪的長相，然而和面前的學姊相比，各部分都有點差太多了。身高與體型當然完全不一樣，頭髮別說長度，連顏色都改變。色彩從金髮碧眼變成褐髮褐眼，散發的氣息截然不同。昔日感覺完全是天使的那名少女，和面前洋溢包容力的沉穩大姊姊，給人的印象再怎麼樣都不一致。

（這麼一來即使沒察覺也在所難免……話是這麼說，不過兩個多月都沒察覺，連我自己都覺得不以為然！）

政近在強烈反省的同時，依然半信半疑地詢問瑪利亞。

「那個……妳是小瑪對吧？大約在六年前，總是在這座公園和我一起玩的……？」

「嗯，沒錯。」

「啊，那個……這該怎麼說……」

完全出乎預料的重逢，加上重逢的心上人是已經認識的人，面對這樣的事態，即使是政近也終究不知道該如何是好。

政近低喃著不明確的話語，視線游移不定，瑪利亞露出微笑，輕輕牽起他的手。

「總之，先去陰涼的地方吧？」

「啊，遵命。」

「真是的……居然說敬語，真奇怪。」

「啊～～……」

以前確實都是使用平輩語氣。回想起這件事的政近，就這麼被牽著手移動到樹下的長椅。兩人並肩坐在長椅上之後，政近終於整理好思緒，至少有餘力發問。

「那個……請問是什麼時候察覺的？」

說出口的話語，感覺是介於敬語與平輩用語之間的語氣。不過瑪利亞看起來沒特別在意，就這麼看著前方平淡回答。

「唔～～在學生會室見面就立刻察覺了吧？」

「那不就是一開始嗎？」

「嗯。但因為姓氏好像不一樣，我覺得怪怪的，試著對你說俄語也沒反應，所以也隱約認為是自己認錯人了哦？」

瑪利亞稍微打趣般說完看向政近，然後愛憐般瞇細雙眼開口：

「不過，阿薩果然是阿薩……我心想果然沒錯。而且，這個……」

「咦，什麼……？」

瑪利亞無視於困惑的政近，碰觸他的右肩之後溫柔輕撫。不，瑪利亞撫摸的不是肩膀……是位於該處的舊傷痕。

「阿薩當年保護我的傷痕……這種東西想錯也錯不了吧？」

「啊啊，這個嘛，您說的是。」

「呵呵，就說別用敬語了。」

「啊，不，嗯……」

雖然瑪利亞這麼說，不過在政近的心目中，依然認定「眼前的不是小瑪，是瑪夏小姐」，無法輕易切換意識，而且彼此分開太久，不方便像以前那樣親密相處。

「那個，話說回來也太巧了吧？偏偏是在這裡重逢，要說巧合也太完美了……」

「不是巧合喔。」

「咦──？」

政近不知道該如何應對而錯開話題，瑪利亞卻以正經表情靜靜告知。

「我原本在想，如果這次暑假見不到面就要放棄。所以……這是命中註定喔。」

「命……命中註定……不，我確實覺得很戲劇化，但再怎麼說也太誇張了……」

即使以半笑不笑的僵硬表情否定，瑪利亞也沒改變態度。她筆直的視線使得政近自然而然愈說愈小聲。然後政近收起笑容，靜靜反問。

「妳說的命中註定……是什麼意思？」

這應該是魯莽又不解風情的問題吧。但是瑪利亞毫不猶豫率直回答：

「……我在集訓的時候說過吧？我說的『真命天子』就是這個意思啊？」

這是千真萬確的示愛。政近的心臟刻下不規律的心跳聲，嘴巴反射性地說出否定話語。

「不對，不對不對不對，很奇怪很奇怪。」

「為什麼？」

「問我為什麼……不對，妳又沒有喜歡我的理由。因為我已經不是周防政近，我也不記得做過讓妳喜歡我的事。反倒老是在妳面前出糗……」

政近接連說出否定自己的話語，瑪利亞露出有點寂寞的笑容回應。

「嗯……也對。久世學弟和阿薩在各方面不一樣。」

「沒錯吧？而且說起來，現在回想就覺得以前的我也真是個小屁孩……說話都是在炫耀，是一個煩死人的小鬼吧？」

「嘻嘻，這個嘛～雖然我不覺得煩死人，但你可能太愛炫耀了。」

「唔，果然……」

即使早就知道，被這麼肯定之後還是無地自容。羞恥心令政近扭動身體好想消失，他面前的瑪利亞像是懷念往事般看向遠方。

「感覺你總是說著『怎麼樣！很厲害吧！』露出得意洋洋的笑容……」

「唔……」

「只要我稱讚，你就笑得像是真的很開心……呵呵，當時好可愛。」

「可……可愛……」

完全被當成孩子看待的這個事實，使得政近縮起肩膀。此時一旁的瑪利亞忽然換成另一種笑容。

「明明其實很痛苦，卻認定『自己沒有痛苦的資格』，總是強顏歡笑……」

「……咦？」

話題的走向突然改變，使得政近不禁眨了眨眼。瑪利亞筆直注視政近，以無比溫柔的語氣訴說。

「你的那張笑容，我覺得是全世界最惹人憐愛的笑容。」

「！」

「明明其實比任何人都充滿溫柔與關懷，卻不肯認同自己，在笑容的背後傷害自己……看到那樣的你，我就好想用力抱住你。把你緊緊抱在懷裡，摸你的頭，親吻你的臉頰……反覆對你說『你很努力喔』，『可以不用再討厭自己了』。」

瑪利亞這麼說的時候，雙眼充滿慈愛與熱情。看著這樣的她，政近稍微逃避現實般心想。

（咦，也就是說她喜歡頹廢的男生？）

然後立刻消除這個沒品的想法。

（唔唔，所以是……那樣嗎？覺得拚命虛張聲勢的男生很可愛……之類的？）

政近以勉強可以理解的方式解釋瑪利亞的話語，讓自己冷靜下來之後，像是要迴避瑪利亞的火熱視線般揚起嘴角。

「不，怎麼把我說得像是背負陰影的黑暗英雄……我可沒那麼帥氣。」

並沒有背負這麼悲劇性的往事。就只是一個孩子情緒失控離家出走，就這麼再也沒回去，而且一直放不下這件事，如此而已。以話語說明就發現沒什麼大不了的。

在如此自嘲的政近面前……瑪利亞像是在承受某種情感般，身體微微搖晃。

「要是你露出這麼可愛的表情……」

「咦？」

瑪利亞輕聲念念有詞，然後突然撲過來抱住政近。

「抱～～！」

「唔喔喂！為什麼？」

「都是你不對！因為你用這麼可愛的表情勾引我！」

「什麼鬼？」

突然被瑪利亞用力緊抱，臉頰也被她的臉頰貼過來，政近驚慌失措。大姊姊壓倒性的肢體語言使得所有思緒一掃而空。瑪利亞充滿女人味的豐滿觸感，刺激鼻腔的芳香，政近的腦袋被這些超高密度的情報塞滿，瞬間過熱。

（好……好軟喔～～好香喔～～）

政近一口氣降頻的大腦，冒出像是小學生的這種感想。一個隱約顫抖的聲音輕撫他的耳朵。

「（真的是……阿薩……！）」

這一瞬間，政近覺得胸口一陣緊縮，並且迅速取回正常的思考能力。

（這麼說來……）

從瑪利亞的語氣推測，兩人今天在這裡重逢並非巧合。換句話說……瑪利亞至今依然會抽空造訪這個場所，期待和舊友重逢。明明沒有任何見得到面的根據。

（這是怎樣……這種事……）

嬌憐無比的這種行為，身體感受的細微顫抖，使得政近突然好想哭。內心深處冒出某種火熱的情感，想要衝動地緊抱眼前的少女回應。

「瑪夏小——」

政近任憑湧上心頭的情感驅使，舉起雙手……的這一瞬間。

「啊啊～～！瑪利亞姊姊在約會～～！」

兒童特有的尖銳又不顧旁人感受的叫聲，使得政近忍不住轉身一看，該處是看起來十歲左右的小學生七人組。瑪利亞似乎也察覺到他們，羞答答地搔著臉頰離開政近，結果政近的雙手撲了個空，迅速放回膝蓋上。

「啊，啊～～……被他們看見不好意思的一面了～～」

「……妳認識嗎？」

「啊哈哈，是經常一起玩的朋友……」

兩人如此交談的時候，七人組之中的三名女生眼神閃亮跑了過來。表情看起來有點詭異的四名男生隨後跟上。

「欸欸，難道這個人就是瑪利亞姊姊說的人嗎？」

帶頭的女生像是興致勃勃般詢問瑪利亞，瑪利亞隨即掛著靦腆表情明確點頭。

「嗯……是我喜歡的人。」

「「「呀啊——！」」」

瑪利亞的告白引得三名女生開心尖叫。同時……

（咦，怎麼回事？我現在好像聽到可憐少年的初戀淒慘破碎的聲音……而且是四重奏。）

只要看見站在女生們後面的四名男生表情，就可以清楚知道政近沒有誤解。因為四人不約而同像是連眨眼都忘記般僵在原地。

「欸，欸！姊姊喜歡他哪裡？」

「等一下，不可以當電燈泡喔。」

「沒錯沒錯～～那個，接下來就讓兩個年輕人自己相處吧～～？」

「啊哈哈，這是怎樣啦～～」

三名女生就像這樣吵吵鬧鬧，然後飛也似地跑走。途中也沒忘記將愣住的男生們回收。撤收的手法漂亮無比。

「……最近的女生真早熟。」

「呵呵，是啊～」

彷彿一陣旋風的三人組，使得政近不禁目瞪口呆輕聲這麼說。聽到瑪利亞回以同意的話語，政近頓時回過神來，然後想起瑪利亞剛才的發言，頓時覺得心情難以平靜。

「呃，那個，剛才的……」

「嗯？」

「唔唔，那個，妳說『喜歡的人』是指……？」

政近戰戰兢兢詢問之後，瑪利亞就這麼露出平靜的笑容點頭。這張成熟的笑容令政近的心臟用力一跳。

「嗯……我喜歡你哦？一直很喜歡。一～直只喜歡你一人。」

這是無比直率又真摯的示愛。聽到這段表白……在政近內心深處擴散的情感，是悲傷。

「既然這樣，為什麼……」

「咦？」

「為什麼那一天……妳拋棄了我？」

「咦，咦？」

瑪利亞不知所措般反覆眨眼，政近像是吐出痛苦的回憶般，說出從記憶另一頭甦醒的話語，說出離別之日的話語。

「那一天，妳不是說了嗎？說我們該離別了。說我不是真命天子，所以再也不會見面了！」

「咦，咦，咦咦～～！」

聽到政近的控訴，瑪利亞睜大雙眼向後仰，在下一瞬間大幅搖頭。

「我……我沒說！我沒說這種話啊？」

「可是，妳確實……」

「我確實說要離別！可是後面不是這麼說的！我說的是『如果你不是真命天子，我們就再也不會見面了。不過如果你是真命天子，我們肯定會再度見面』這樣！」

「……咦咦？」

對於瑪利亞的辯解，政近發出懷疑的聲音並且追溯記憶。像這樣追溯就覺得瑪利亞說完「再也不會見面了」之後，確實又說了某些話。只不過……因為開頭的話語過於震撼，所以政近沒聽到後續的話語。

是的，聽漏了。而且在他回神的時候，瑪利亞已經不在了……在那之後，政近以為是哪裡搞錯了而來到公園許多次，卻還是沒能見到瑪利亞。

政近眼神游移。自己沒深思就認為「那孩子也和媽媽一樣背叛了我」，逃進胡亂定下的結論，陶醉於悲劇之中，而且和母親的回憶一起貼上「討厭回憶」的標籤，封閉在記憶深處。如果沒逃避而是更仔細思考，明明就可能尋得真相。

「哈，哈哈……」

政近被猛烈的虛脫感襲擊，輕聲乾笑。居然因為這種荒唐的誤解而毫無意義受傷至今，想到這裡就覺得當時的自己滑稽得無以復加。面對這樣的政近，瑪利亞打從心底感到歉意般下垂眉角開口。

「那個……對不起哦？那麼重要的道別話語，我想要好好用日語對你說……可是我用了不熟的日語，才會害得你誤解吧……」

「啊啊……不，原因應該是我當時太早下定論，所以瑪夏小姐不必在意……」

確實如瑪利亞所說，很可能是因為當時瑪利亞的日語說得太不標準才招致誤解。不過同樣也可能是政近內心將過去的記憶抹黑。尤其是幼年時期的記憶，會在好壞兩方面改寫成自己想要的樣子。

無論如何，如今已經無從確認實際的狀況，所以思考也沒用。

「對不起哦……？」

不過，瑪利亞以悲傷的聲音再度道歉，然後溫柔擁抱政近。令內心平穩無比的這股觸感，使得政近差點投入懷抱時……瑪利亞的示愛在腦中復甦，他驟然覺得不自在。

「那個，我……」

政近說得結結巴巴，瑪利亞像是理解一切般點頭。

「放心……沒關係的，我不會要求你現在回應我的表白。」

「咦……」

「因為，你不曾把我視為這種對象吧？」

「唔……」

像是真的被看透一切，政近基於和剛才不同的意義覺得不自在。看到政近露出尷尬表情僵住，瑪利亞輕聲一笑放開他，以溫柔的聲音說下去。

「而且……你已經察覺了吧？艾莉的心意。」

「！」

沒想到瑪利亞居然會提到這件事，政近倒抽一口氣，不知道該如何反應，面前的瑪利亞像是覺得有趣般稍微露出笑容。

「呵呵，總之艾莉好像還沒察覺自己的心意……不過之所以喜歡上同一個人，果然因為我們是姊妹嗎？」

「……」

姊妹喜歡上同一個男生，以世間一般的角度來看只會成為修羅場，瑪利亞卻像是不以為意般說出口。這副模樣使得政近覺得明顯不對勁。

「為什麼……」

為什麼可以這麼心平氣和？瑪利亞正確解讀政近沒說出口的後半段，依然以溫柔語氣說下去：

「因為，我好高興。那樣的艾莉有了心上人，而且喜歡的對象是你這樣出色的男生。」

「……」

「我啊，真的好高興。因為我非常喜歡艾莉，也非常喜歡你。所以……」

瑪利亞在這時候靜靜仰望天空，像是細細咀嚼內心的情感般低語：

「我還是不想和艾莉競爭。」

這是某天在夕陽射入的走廊，瑪利亞說出口的想法。和那時候相同的這句話，如今聽起來伴隨另一種意思。

「也就是說……」

妳要為了妹妹抽身而退嗎……？

看到政近充滿驚訝的視線，瑪利亞靜靜微笑。

「所以啊，我希望你好好面對艾莉的心意。」

「咦？」

「認真面對艾莉的心意……如果在這之後，還是願意選擇我……」

瑪利亞說到這裡暫時停頓，露出令人看到入迷的美麗笑容。

「到時候，可以由你……主動向我表白嗎？」

無比溫柔又嬌憐的話語，將政近的胸口勒得好難受。

「這麼做……瑪夏小姐，妳甘願這麼做嗎？」

完美理解政近的心意與艾莉莎的心意，進而以兩人的心意為優先，自己抽身而退。政近覺得這種提案過於犧牲自己，瑪利亞卻像是有點為難般下垂眉角。

「別露出這種表情好嗎？這是我不想傷害艾莉，也不想傷害你的任性決定。」

然後，她的嘴角透露些許的後悔。

「……對不起哦？我知道現在在這裡表白會害你為難。明明早就知道，卻沒辦法壓抑自己的情感……不過，我說我不想傷害你們兩人是真的。我希望你們兩人做出不會後悔的選擇……」

瑪利亞有點心酸地這麼說完，在嘴唇前方豎起食指。

「所以……在這裡發生的事，以及我們的那段往事，都要對艾莉保密哦？如果知道你就是阿薩……艾莉應該會顧慮到我，把自己的心意封閉在心底。」

這一瞬間，政近的內心被難以言喻的寂寥襲擊。自己也無法理解的情感使得政近不知所措，但他還是點了點頭。

「……我知道了。」

「嗯。」

聽到政近的回應，瑪利亞微微點頭，重新面向前方。沉默的時間就這麼持續了一陣子。但是說來神奇，並不會覺得不自在。只不過，政近的內心只被某種真相不明的寂寥情感盤踞。瑪利亞也是，不經意覺得她惆悵地眺望公園。

「那麼……」

不知道經過了多少時間，瑪利亞終於說出這句話站起來，露出微笑俯視政近。

「既然話也說完了……差不多該回去了吧？」

「啊啊……說得也是。那個，我送妳回家吧？」

「不用了。畢竟你應該也想思考各種事……所以在這裡道別就好。」

「啊，好的。」

瑪利亞相當乾脆地道別，政近在覺得有點掃興的同時站了起來。接著，瑪利亞朝著政近稍微張開雙手。

「嗯？什麼事？」

政近以為又會被緊抱，稍微提高警覺。瑪利亞對此輕聲苦笑之後開口。

「在最後，可以像以前一樣親個臉頰嗎？」

「咦？……啊啊。」

這麼說來，以前每天道別的時候都會被貼臉頰。政近回想起這件事，在懷念的心情驅使之下，沒想太多就點頭。

「總之，好的。」

「嗯。」

政近重新面向瑪利亞，瑪利亞隨即走向政近，環抱他的肩膀，讓右邊臉頰相貼，接著讓左邊臉頰相貼。

（啊啊，好懷念……）

以前進行過許多次的這種道別，使得政近不禁瞇細雙眼。此時，貼在左邊臉頰的瑪利亞臉頰輕輕往側邊移動……

「咦？」

臉頰接觸到的觸感使得政近僵住，就這麼睜大雙眼愣在原地。瑪利亞從正面向他投以微笑。

「只是這種程度，艾莉肯定也會原諒吧？」

「啊，呃……」

「呵呵，那麼久世學弟，再見。下次見面的時候要一如往常喔！」

瑪利亞稍微害羞一笑，然後揮手走向公園入口。

「啊，好的……」

還沒完全回神的政近也揮手回應。等到瑪利亞的身影消失在公園外側……政近察覺到寂寥情感坐鎮在自己心中的原因。

（啊啊，原來如此……）

這是對於一段故事的終結所感受到的寂寥。那一天，是以不上不下的形式離別，所以懸在政近內心，阿薩與小瑪這段淡淡的愛情故事，在今天的這個時候完全了結。

昔日懷抱創傷卻逞強的阿薩，以及無比純潔又天真爛漫的小瑪，如今已不存在。假設在不久之後的未來，政近與瑪利亞再度墜入情網……也不可能是那段故事的後續。兩人的那段故事已在此時完結，成為政近與瑪利亞內心的回憶。

「……」

政近默默轉身看向公園。只要這麼做，昔日的光景就歷歷在目。在遊樂設施上方永遠聊不膩的兩人。手牽手掛著笑容奔跑的兩人。以及……在誤解之中道別分離的兩人。以悲傷做結，淡淡的初戀故事……

「再見。」

政近向年幼兩人的幻影告別，獨自離開公園。

第2話

就算是夢想但要成真也不太對

從公園回程的路上，政近懷著無法言喻的失落感，無精打采地行走。

原本就是為了和過去的戀情做個了斷而造訪公園，不過在真的做個了斷之後……受到出乎意料的寂寥情感驅使，政近自己實在無法整理心情。明明是為了揮別過去而做個了斷，回過神來卻發現滿腦子都是往事。和艾莉莎的事、和瑪利亞的事，明明有各種事情必須好好思考才行。

「唉……」

現在像這樣行走的路，也是昔日周防政近走過許多次的路。被小瑪親吻臉頰道別之後，總是如同被開心與害羞的心情驅使般跑回家，而且是從緣廊悄悄回到房間，以免放鬆的表情被爺爺奶奶看見。

政近回憶著當時的往事打開門，就這麼下意識繞到緣廊，隨即看見有希穿著學校泳裝，泡在兒童用的塑膠泳池裡。

「……妳在做什麼？」

面對無論如何都令人虛脫的這幅光景，政近有氣無力地詢問。說起來，有希為什麼會在這裡？政近沒聽說她今天會來到這個家。

說不定，這又是大腦產生的幻影嗎……政近按著額頭閉上眼睛的瞬間，臉上真的被潑了冷水。

「噗啊！」

政近反射性地以手擦臉並且睜眼一看，只見仰躺在塑膠泳池裡的有希拿著水槍瞄準過來。

「……欸，說真的妳在做什麼？」

臉頰抽動的政近，再度詢問不發一語笑嘻嘻的妹妹。有希隨即輕聲一笑仰望夏空，把玩水槍營造出硬派氣氛。

「別在意……只不過是我的純真與高尚稍微表露出來了。」

「純真與高尚……」

「沒錯，我的純尚要素。」

「不准說得像是腎上腺素。」

政近賞了白眼吐槽，大步走向有希，用力摸她的頭弄亂頭髮。

「來，給妳血清素。」

「唔喔喔，幸福的荷爾蒙在分泌了～～……咦，我到底在做什麼？」
「不准突然一臉正經。我才想問妳在做什麼。」
「我……到底做了什麼？嗚，我的頭……！」
「妳是被洗腦了嗎？快給我回想起來。」
「咕咯……啊！這一瞬間，我回想起來了……這個世界，是我臨死之前在玩的少女遊戲世界。」
「誰叫妳回想起前世了？」
「周防……有希……？唔！怎麼這樣！我轉生成為反派千金了？」
「還真的是反派千金，我可不敢領教。」
「回想起來了……我是和哥哥一起折磨女主角的惡劣主人。」
「主角居然是綾乃……」
「沒錯，君嶋綾乃正是這個世界的女主角。是《闇深貴公子的沉溺狂愛　～受到病嬌美男子們百般追求～》這個世界的主角！」
「嗯，可以立刻把攻略對象的名字告訴我嗎？我要殺光他們。」
「清宮光瑠。」
「唔唔～～這我就嚇得不知道該怎麼反應了。」

「桐生院雄翔。」

「那傢伙只是個心機仔。」

「八王子皇慈。」

「記得這傢伙的設定是鄰鎮的學生會長？話說他的名字居然和王子同音？」

「然後是……隱藏角色更科櫻夜。」

「雖然不知道是誰，但他應該是最後大魔王吧？這是設計成攻略完主要角色之後也能攻略最後大魔王的遊戲吧？」

「所以，哥哥先除掉這個隱藏角色吧。」

「抱歉，辦不到。這種角色還是隱藏一輩子吧。」

「咦……可是如果沒人打倒隱藏角色，世界就會滅亡……」

「這完全是最後大魔王的格局。」

「啊，不過按照原作劇情，哥哥今天就會遭遇幸運色狼事件噴鼻血失血而死，所以跟你沒關係……」

「我的死因真是陽春。而且是今天？」

「嗯。話說快點把臉擦一擦吧。你要滴水到什麼時候？」

「妳以為是誰害的？」

政近輕拍妹妹腦袋，脫鞋走上緣廊，然後垂頭喪氣穿越和室。

（唉……總覺得突然沒什麼力氣了。）

政近以手帕擋住頭髮滴下的水，快步前往盥洗室。穿過面對緣廊的和室來到走廊，位於該處的是寧靜的空氣，沒有別人的氣息。爺爺出門遛狗所以當然不在家，但是不只如此，也感覺不到奶奶的氣息。

（奶奶也出門了嗎……？）

對此感到納悶的政近打開盥洗室的門，然後和全裸的綾乃面對面。

「抱歉。」

他立刻關門。整段過程其實只有一秒七。展現高超反應速度的政近，在內心發出不成聲的哀號。

（好歹出點聲音啦——！）

剛才看綾乃似乎正在以浴巾擦拭身體，不過為什麼連布料摩擦的聲音都沒有？在這種地方也貫徹無聲原則的女僕，使得政近明知是推卸責任依然氣得咬緊牙關。

（話說，「幸運色狼事件」就是這個嗎？）

明知綾乃在盥洗室，還是誘導政近前往盥洗室。明顯是出自惡意的惡作劇。只覺得是胡鬧的那段噴鼻血敘述，大概也是為此埋下的伏筆吧。

如果是這樣，現在出聲大喊就正中有希的下懷。這時候應該若無其事，靜靜前往廁所……政近如此心想的時候，面前的門無聲無息開啟。

「抱歉打擾了，政近大人。請不必在意在下。」

「我會在意啦！」

綾乃以聊勝於無的浴巾遮住前面，自然而然請政近入內。看到她過於出乎預料的這個行動，政近終究也放聲大喊。

「反倒是妳應該注意才對吧！」

「啊！說得也是。恕在下失禮了。」

綾乃說完之後，以遮掩身體的浴巾擦拭政近溼答答的下巴與頭髮。她一絲不掛的胴體當然映入政近視野。

「我不是這個意思！妳是在注意哪裡啊！」

政近迅速向後跳，轉過頭繼續大喊。

「妳是笨蛋嗎？沒有羞恥心嗎？」

「政近大人，別看在下這樣，在下其實也在拚命努力想要戰勝這份害臊。」

「這場戰鬥請妳一定要輸！」

政近發出不知道是吐槽還是懇求的哀號，一溜煙回到先前的和室，撲到榻榻米上，抱著溼答答的腦袋低吼。像是要蓋過低吼的捧腹笑聲傳入耳中，政近就這麼趴在榻榻米稍微抬頭。

「哎呀哎呀，看來勉強迴避死亡旗標了。真有一套耶～～」

「……」

有希盤坐在塑膠泳池，笑嘻嘻注視這裡。看著她得意洋洋的模樣，政近不知道該怎麼反應，默默轉身背對。

「喂喂喂怎麼啦哥哥大人，綾乃見不得人的模樣烙印在腦中了嗎？」

「……」

「哈囉哈囉～～請不要把我當空氣啦～～」

「……」

「哎呀～～有希選手居然在這時候走光了～～」

「……」

我反倒想問，妳為什麼覺得這樣能讓我轉身？妳把哥哥當成什麼了？政近被強烈的衝動驅使很想吐槽，卻還是強忍下來賭氣裝睡。

「……嘖，只是走光不會有反應嗎？在集訓看過艾莉沒穿內衣的白T之後，我現在半脫學校泳裝的程度引不起你的興趣是吧！」

「……」

「天啊，可惡的艾莉。好可愛好可愛的艾莉。不知何時大於E罩杯的艾莉……」

「！」

「喔，肩膀稍微晃了一下哦？」

政近心想「糟了」，有希咧嘴露出下流笑容的瞬間，身穿便服抱著毛巾的綾乃從敞開的拉門現身，靜靜走向緣廊。

「讓您久等了，有希大人。這邊請。」

「嗯？……喔～」

在綾乃催促之下，有希即使發出有點惋惜的聲音，還是套上涼鞋離開泳池，然後由綾乃簡單擦拭身體，仔細擦乾腳底，包著毛巾前往盥洗室。不過有希在走到走廊的時候迅速轉身，像是隨口提及般詢問綾乃。

「話說綾乃，妳被哥哥看見多少？」

「快去洗澡吧，呆子。綾乃，妳不必回答沒關係。」

政近立刻關上拉門隔離（物理）。等待妹妹開心的笑聲與腳步聲離去之後，他重新面向綾乃。

「抱歉。我不小心看見了……」

「啊，不，這是在下要說的，抱歉害您看見丟人現眼的東西……」

「不，絕對沒有丟人現眼啊？」

反倒該說，富含水氣的豐盈黑髮緊貼在纖細卻擁有女性曲線的胴體，這樣的綾乃豔麗得令人倒抽一口氣。不過如果老實說出這種感想，感覺很像是性騷擾。就算這麼說，要是就這麼不發一語，也可能害她心想「果然丟人現眼嗎」造成誤解……

「……綾乃很漂亮，也非常可愛……所以不必這麼貶低自己。」

「謝，謝謝……政近大人也是非常迷人又出色。」

「……謝謝妳啊。」

政近隨口帶過綾乃的評價，像是要逃離這股奇妙的氣氛般再度躺下。只要轉身背對綾乃，綾乃也會解讀氣氛不再開口。不愧是隨時留意要化為空氣的女僕。和某個解讀氣氛之後還蓄意擾亂的主人不一樣。

（唉……真是的，今天是什麼日子啊……該不會在明天左右就會出現強烈的反彈修正吧？）

在公園接受人生第一次的異性示愛，緊接著又是香豔火辣的幸運色狼事件。客觀來看，持續幸運到這種程度，會擔心可能有反作用力招致不幸來襲。

（不對……並不是人生第一次嗎……）

回想起來，也曾經被那孩子……小瑪表白。當時的政近對此也害羞表達好感，兩人順利成為兩情相悅……記得是這樣沒錯。不過政近認為這終究是小孩子的戀愛遊戲，現在回想起來應該也是這樣沒錯。

（不過……瑪夏小姐一直都是認真的吧……）

要當成小孩子的戀愛遊戲做結很簡單，然而至少瑪利亞一直維持這份心意。這麼想就實在無法貼上如此廉價的標籤。

（哈哈，小時候的結婚約定，是戀愛喜劇的制式劇情，但是我很少聽說有人真的就這麼好好交往。）

政近在腦中發出空虛笑聲之後，忽然察覺一件事。

（唔，咦……？呃，難道瑪夏小姐的男友是……）

集訓的時候，瑪利亞說她的男友是布偶……那該不會是……

（是在說我嗎……？）

這個推測浮現腦海的剎那，難為情的感覺從內心深處湧現……卻立刻沉靜下來。

（不對，正確來說不是我……是阿薩，是周防政近。）

同時，失落感在心中復甦。政近隨即感覺心情迅速消沉。

（啊，不妙……開始變得悲觀了。）

政近自己也認為這是壞毛病。不過即使這麼想，也無法阻止思緒陷入負面循環。

（真是的，瑪夏小姐與艾莉都一樣，為什麼會喜歡上這種傢伙？）

那麼充滿魅力的姊妹寄情於政近。一般來說應該是讓內心充滿喜悅的幸運……然而填滿政近內心的卻是歉意。抱歉我是這種人。抱歉我這種人害得她們這麼費心。

（不可能的啦……我完全配不上。）

乾脆逃走吧。斷絕所有聯繫，窩在只有自己一個人的家就好。就像是昔日逃離周防家那時候一樣。這麼一來，就再也不必害得任何人費心——政近思考這種事的時候，拉門平順開啟。

「啊啊～～真是舒暢！嘿！」

緊接著，政近察覺一股撲向這裡的氣息，在榻榻米上翻身迴避——

「想得美～～！」

「嗚噗！」

……翻身之後，被有希預知路徑的飛撲命中腹部，頓時喘不過氣。有希抬頭看向中招咳嗽的哥哥，眉毛稍微一顫，然後咧嘴露出笑容。

「怎麼啦，中暑了嗎？熱到沒力了嗎？」

妹妹大人就這麼將下巴放在政近胸口，頻頻拍打政近額頭。

「住手啦不要拍。」
政近粗魯撥開有希的手，有希隨即慢慢撐起上半身，騎在政近身上。
「唔，吐槽也不犀利……看來症狀滿嚴重的。」
有希以故做正經的表情這麼說，然後將雙手帥氣舉到胸前，伸直食指與中指——
「我來為這樣的哥哥發射振奮精神的光波——！滋嗶嗶嗶嗶——！」
有希迅速大聲說完，手指不斷刺向政近的腹部與胸部。
「啊吧噗噗噗，住手啦妳是小學生嗎？話說這哪裡是光波啊！」
「那是什麼光波啊！」
「心情上是光波！」
政近的大喊使得有希頓時停止雙手，正色看向政近的臉。
「想知道嗎？」
「……請務必告訴我。」
「喔？……好吧，那我就不吝告訴你吧。」
有希賣關子般點點頭，以右手撥起瀏海，一臉嚴肅低頭看向政近，然後以冰冷的聲音沉重告知：
「是葛格愛你愛死你光波。」

「喔，是葛格愛你愛死你光波嗎？」

「嗯……」

「…………」

「…………」

「……詳細希望。」

「你這傢伙是要羞死我嗎？」

「正常應該說羞到致命吧？」

「羞到致命才是你自創的說法吧，笨蛋！」

說到這裡，有希像是隱藏表情般，將臉埋進政近肩頭。然後……

「……女人的味道？」

「好恐怖！」

「喔喔～～？兄長閣下還真有兩把刷子耶。想說你的表情這～～麼消沉，該不會是關於女人的煩惱吧？」

「……」

「喔？行使緘默權？也就是說我猜中了？嗯嗯～～？」

「……」

妹妹再度以騎在身上的狀態投以挑釁表情，政近默默閉上眼睛。看到哥哥這麼明顯絕口不提，有希「唔」地鼓起臉頰。

「對付這樣的哥哥就是啾～～！」

有希嘴裡說「啾～～！」卻是張大嘴巴將臉湊過來。

「別這樣！」

政近瞬間睜開眼睛，抓住她的臉制止。在旁人眼中，這是妹妹化為喪屍襲擊哥哥的光景。即使被抓住額頭，有希依然不死心想咬脖子，政近以傻眼語氣發問：

「話說，妳最近為什麼動不動就想咬我？」

「咦，居然問這個？」

政近不經意這麼問，得到的是出乎預料嚴肅的反應。和剛才裝模作樣的感覺不同，有希面無表情到嚇人的程度。被這張表情目不轉睛筆直注視，政近有點畏縮。

「……什麼事啊？」

難道是有什麼特別的意思嗎？如果有，會是什麼意思？政近稍微認真思索時，視線前方的有希就這麼面無表情靜靜開口：

「我是在等你說『既然敢張嘴咬過來，就給我咬緊牙關吧』這句話。」

「唔咕！」

「我一～～直在等你說這句話耶～～？」

政近頓時喘不過氣，有希拉近距離觀察，以死纏爛打的語氣掏挖哥哥的舊傷口。然後在政近以忿恨眼神看過來的下一秒，有希裝出帥氣表情，充滿惡意地誇張模仿政近的語氣。

「既然敢張嘴咬過來……就給我咬緊牙關吧？」

「妳這傢伙……！」

「呀——哈哈！天啊——！哥哥超帥的——！」

有希從政近身上滾下來，在榻榻米上擺動雙腿，真的是笑到打滾。然後她突然一臉正經坐起上半身，豎起食指。

「啊，順帶一提，『既然敢張嘴咬過來，就給我咬緊牙關吧』這句話，有著『既然露出利牙，就給我奮戰到底吧』以及『接下來要反擊了，給我做好心理準備吧』這兩個意思，所以真的是非常帥氣——」

「閉嘴閉嘴不准說明！」

政近抽動嘴角賞以白眼回應，然後嘆口氣躺下。有希立刻探頭過來。

「哎喲哎喲，這麼沒勁啊，哥哥。現在應該是喊著『妳這傢伙～～☆』撲過來和我一起在地上翻滾的狀況吧？」

「都已經是高中生了，哪會做這種事啊？」

「高中生也完全是小孩子喔～～」

有希耍賴般這麼說，使勁搖晃政近的腰。政近對此覺得有點煩……忽然心想。

（難道說……她真的只是想撒嬌？）

想到這裡的同時，政近想起在公園從瑪利亞那裡感受到的憐愛情感，以及在集訓時聽瑪利亞說過的話語。

（肌膚之親也很重要是嗎……）

政近在內心反芻瑪利亞這句話，然後翻身仰躺，默默將坐在身旁的有希拉過來。

「喔，喔？」

即使稍微不知所措，有希還是倒在政近身上。政近左手抱著她小小的背，右手用力撫遍她的頭。

「喔，喔唔？咦，喔？」

突然被哥哥溫柔抱入懷中摸頭，有希驚慌失措。不過大概是從一直默默摸頭的哥哥那裡感受到某些情感，她開心笑著低下頭。

「怎麼了啦～～這樣會害羞啦～～……嗚哩嗚哩～～」

有希將額頭按在哥哥胸口，發出害臊的聲音，像是小動物撒嬌般以頭磨蹭。政近確實從中感覺到愛與思慕……覺得內心深處逐漸變得溫暖。盤踞在心中的自我厭惡與逃避願望慢慢溶化消失。

（啊啊……這確實比我想像的還美妙。）

如果是現在，政近可以理解瑪利亞那麼說的意思。理解到讓身體相觸，確認愛的重要性。

（我這個人真是單純……）

直接感受著有希表現的愛，政近忽然反省自己為什麼要以那麼悲觀的形式解釋瑪利亞的表白。瑪利亞的擁抱明明只有溫柔。瑪利亞的話語明明充滿真實的關懷。

「我說哥哥……」

「嗯？」

此時有希忽然開口，政近將視線下移到胸口的她。但是有希沒抬頭，就這麼將臉埋在政近胸口說下去：

「不必一直對我覺得愧疚也沒關係哦？因為我現在也確實很幸福……也從來沒有恨過哥哥。」

「！」

「即使我這麼說，哥哥大概還是會思考與煩惱各種事……不過在我的心目中，哥哥無論是以前還是現在，都永遠是我最喜歡的哥哥……所以，哥哥不必在意周防家，大方追求幸福也沒關係哦？」

政近知道，這千真萬確是有希發自內心的話語。和那天一樣，非常成熟又充滿愛的妹妹話語，順利傳入政近的心。

（說得也是……至少有希與瑪夏小姐，都說過喜歡現在的我……）

政近細細咀嚼妹妹的話語時，胸口的有希慢慢抬起頭，揚起嘴角露出笑容。

「現在的我，是不是很像第一女主角？」

「哈哈……妳少煩。」

政近輕聲一笑，用力摸亂妹妹的頭髮，有希隨即裝出讀稿語氣發出「哇～～」的聲音，再度將臉埋進政近胸口。

（謝謝妳，有希。）

政近在內心向無比溫柔又深情的妹妹道謝。

（真是的，居然被妹妹從背後推我一把，我這個哥哥好丟臉。）

接著他如此自嘲，不過其中已經沒有自我厭惡的灰暗情感。

別再被自我厭惡的情感折磨而消極度日吧。雖然至今也無法喜歡自己，覺得自己不是什麼好東西……即使如此，還是有人願意仰慕這樣的我。自我厭惡終究是自己的一廂情願。比起這種事，還是把現在看好我的人們放在第一優先吧。因為這麼做應該也能促使自己面對艾莉莎的戀心。

在政近平靜下定決心的同時，柔和的空氣在久世老家的和室流動。沉默不語的時間就這麼持續好一陣子……在緣廊方向的風鈴發出清脆聲音的時候，有希忽然皺眉抬頭。

「……嗯？第一女主角？……啊！」

然後在下一瞬間，有希露出非比尋常的表情跳起來。她俯視一臉疑惑的政近，發出充滿戰慄的聲音。

「這該不會是……進入親妹路線的事件？」

「啥？」

「喂喂喂，真的假的，兄弟……親妹路線在阿宅圈子也備受爭議，你卻要刻意走上這條路？」

「這種路線不存在。」

「呵，好吧……既然阿哥有這份決心，那我也全力回應吧！」

「有希小姐？」

「唔，不過在這種狀況，周防家的繼承人要怎麼選……？」

「有希小姐，妳有聽到嗎？」

「什麼？讓綾乃生小孩就好？這……這真的是惡魔的想法……！」

「綾乃的人權呢？」

「有希大人……這是非常美妙的提案！」

「「等一下，綾乃小姐？」」

至今都是空氣的綾乃突然開口投下這顆炸彈，使得兩人一起正色轉身，隨即看見綾乃正坐在榻榻米，以面無表情卻閃閃發亮的雙眼握緊雙拳。

「換句話說……在下的一切都有幸用來奉獻給兩位吧？」

「ＯＫ綾乃妳冷靜。妳知道自己正在說一件非常糟糕的事嗎？」

聽到有希這麼問，綾乃就像是虔誠的信徒，將手按在自己胸前開口。

「在下的幸福，就是兩位和睦共度一生一世……若能成為其中的一份助力，在下即使要獻出這具身體也在所不惜！」

「居然沒自覺嗎？這下子傷腦筋了。」

有希以讀稿語氣這麼說，然後轉身朝著政近半笑不笑地豎起大拇指。

「太棒了，哥哥。親妹路線變成強制後宮路線了喔！」

「變成這樣還得了！這會造成雙重的道德問題吧！」

「有什麼不滿嗎？後宮。這不是男人的夢想嗎？」

「在二次元是這樣沒錯。真實世界的後宮對我來說太沉重了。」

「所以說真的是窩囊又沒種的該死處男……」

「個性亂變又自稱處女的婊子說了什麼嗎？」

有希完全無視於政近的反擊，在政近腿上裝出「呼～受不了你」的態度搖頭，然後露出頓悟的表情，將手按在下巴。

「等一下……？只要我們兄妹爭奪綾乃，改走綾乃後宮路線不就全搞定了嗎？」

「這樣的話，我一個不小心就會變成『夾在百合中間的男人』吧？到時候我會被大宇宙的意志殺掉喔。我的脖子現在就開始刺痛了。」

說出「夾在百合中間的男人」這句話的瞬間，政近感覺強大的殺氣從某處來襲而撫摸後頸，然後面向綾乃迅速換個話題。

「綾乃，妳稍微冷靜下來。就算是開玩笑，也不准說要白白斷送自己的人生。」

「嗯？開玩笑……嗎？」

「哈哈，這傢伙的眼神居然這麼純真。」

政近早就知道了。綾乃不是會開玩笑的孩子。雖然知道，不過看見她以真摯無比的眼神歪過腦袋，政近忍不住看向遠方。對此，綾乃似乎很遺憾自己被懷疑在開玩笑，將手按在胸口。

「在下是兩位的女僕。服侍兩位是在下至高無上的喜悅。」
「應該說『被兩位「使用」是至高無上的「歡愉」』才對吧?妳這個斗M。」
有希賞白眼這麼吐槽，綾乃眨了兩三次眼睛之後，靜靜地重新面向有希。
「話說有希大人。不久之前，在下得知了『斗M』一般在世間的意思……」
「喔，終於察覺了嗎?沒錯，M不是女僕的M喔。」
「當時果然是開玩笑的嗎……關於這方面，請容在下訂正一件事。」
「……什麼事?」
有希疑惑般微微蹙眉，綾乃以筆直的視線回應，斬釘截鐵地宣布：
「在下不是被虐狂。」
「……喔。」
「哇~~」
聽到綾乃這麼斷言，不只是有希，政近也冷眼以對。但是綾乃不把兩位主人毫不相信的視線當成一回事，以非常真摯的態度說下去：
「在下不會因為精神上或是肉體上受到折磨，而感覺到性方面的興奮。」
「……話是這麼說，但妳在暑假之前不是希望我踩妳的頭嗎?」
「那是身為女僕的本能。」

「這樣啊，既然是本能就沒辦法了……」

有希像是看見不成材的傢伙般，看著被強詞駁倒的哥哥，接著改由她詢問綾乃。

「既然是本能，所以其中沒有私慾是吧？」

「那當然。」

「是喔，那我想請教一下。女僕把頭伸到主人腳邊，是基於什麼合理的理由？」

聽完有希的要求，綾乃端正坐姿，像是在闡揚崇高教義的信徒般高談闊論。

「在下這樣的女僕，總是為了主人而努力提升自我。」

「……嗯。」

「然而，兩位實在是太溫柔了……雖然不是要表達內心的不滿，但是在下經常差點忘記自己依然是半桶水。」

「……嗯。」

「自大是成長的大敵，鬆懈是墮落的開始。因此在下必須總是嚴以律己。」

「……」

「所以……希望兩位平常就多多指教，別讓在下忘記自己不夠成熟。」

綾乃的話語……使得有希與政近不禁稍微思考。

即使犯錯也不會責罵，即使是小事也會稱讚的上司，會讓某些人覺得「這麼輕鬆真好」而開心，也會讓某些人覺得「管理太鬆散了提不起勁」而不滿。對於兩人來說，綾乃不只是女僕更像是可愛的妹妹。正因如此，所以兩人總是感謝她的奉獻，即使她犯錯也不會責備。然而……然而這種做法，不就等於不承認綾乃是女僕嗎？沒表現出主人的風範而是百般疼愛，會不會反而害得綾乃不安呢……

（原來如此，綾乃她……其實希望我們可以好好斥責她。）

（我們不知不覺傷害了綾乃身為女僕的尊嚴嗎……這下子得反省才行了。）

兩人在接受的同時露出有點嚴肅的表情。身為兩人女僕的綾乃懷著這份尊嚴，光明正大地向兩人這麼說：

「相較於兩位，在下是不足為提的存在，只不過是連奴僕都稱不上的道具。懇請兩位徹底讓在下體認這一點！用話語斥責，用行動處罰！」

「「根本就是斗M吧！」」

結論：綾乃是百分百的斗M。

第3話

搞不懂想要拿腋下做什麼

「這麼一來，數學也寫完了……」

政近闔上學校發放的暑假作業講義，伸了一個懶腰。場所是久世家客廳。正對面坐著默默以紅筆在講義書寫的艾莉莎。

兩人照例正在寫暑假作業。此時，艾莉莎也闔上講義放到一旁。

「寫完了嗎？」

「是的，這樣全都寫完了。」

「喔，真的嗎？辛苦了。」

看來她早一步寫完所有作業了，恐怕是在自家也有努力寫作業吧。反觀政近獨自在家的時候完全沒寫作業，所以還剩下英語與物理作業，不過即使如此，進度也比往年快得多。

「唔……」

「……」

兩人不約而同不經意地看向客廳時鐘，得知現在才剛過下午三點半。艾莉莎正常都是六點多回家，所以多了一大段空閒時間。

（呃～～怎麼辦……）

總之為了拖延時間，政近為彼此的杯子倒滿麥茶並且思考。正常來想，既然以「寫暑假作業」的名義聚集在這裡，那麼寫完作業就達成目的了。然而就算這樣，如果這時候說「辛苦了！那麼解散！」感覺也太冷淡又不懂得解讀氣氛。

（對，氣氛……艾莉像是在暗示般不時瞥向我的這股氣氛！）

艾莉莎彷彿在說「啊～～多出好多時間耶～～這下子怎麼辦呢～～」玩弄頭髮，像是在期待什麼般投以催促的視線。政近湊巧（也可能是不巧）也在這個時間點把作業寫到一個段落，所以不能假裝沒察覺。他能做的只有將杯子拿到嘴邊消磨時間。

（因為啊……）

政近沒膽量在這時候說出「那就來約會吧！」這種話。不，如果是在集訓前，或許敢半開玩笑說出這種話。但是在發現艾莉莎的戀心，察覺自己沒骨氣的現在，政近即使開玩笑也不敢這麼說。

（可是……）

政近已經決定了。決定要好好面對。而且要是在這時候觀望猶豫，也會背叛瑪利亞的嬌憐心願。

（……好！）

政近把茶杯放回桌面，隨著決心抬起頭，筆直注視不時瞥向這裡的艾莉莎臉蛋，艾莉莎隨即也像是察覺到什麼，重新面向政近。

兩人正面相視。雖然肯定不是什麼稀奇的事，但在察覺艾莉莎戀心的現在，即使是一如往常的艾莉莎視線，也令人覺得伴隨著某種情感。感覺那雙藍寶石般的眼睛彷彿隱含非比尋常的熱度，政近倒抽一口氣。

「那個，畢竟還有時間……」

政近拚命克制怦怦跳的心臟，編織話語。腦中天使外型的瑪利亞與惡魔外型的有希一起揮著啦啦隊的彩球。在這股聲援的推動之下，政近下定決心這麼說：

「就來討論一下選戰吧。」

「……」

沉默降臨客廳。艾莉莎的雙眼光輝看起來慢慢變得黯淡。腦中的瑪利亞與有希露出冰冷至極的眼神放下彩球。

『久世學弟好窩囊。』

『人渣。』

（別這樣，不要用那種眼神看我……）

被天使外型的瑪利亞以失望眼神注視，又被惡魔外型的有希猛踹，政近在腦中抱頭蜷縮。看見政近因為自我厭惡而僵住，艾莉莎輕輕看向下方吐了口氣。

「呼……哎，畢竟準備選戰很重要的。」

「對……對唄？」

「為什麼是關西腔？」

「沒有啦，哈哈哈……」

政近乾笑之後，清了清喉嚨露出正經表情。他自覺身為男人做出相當垃圾的行徑，不過事到如今只能完全切換心態。

「首先……說到第二學期的例行活動，就是十月初的校慶吧。」

「是啊，記得學生會幹部全都強迫加入校慶執行委員會？」

「沒錯沒錯，每班派兩名代表，加上學生會、風紀委員會、美化委員會、保健委員會，還有前任學生會長與副會長……以上就是全部。」

征嶺學園的校慶——秋嶺祭。執行委員長與副委員長，照慣例是由前任學生會長與副會長擔任。然後現任學生會成員在底下擔任執行委員會的要職，指揮各班選出的執行委員們。

「換句話說，其他的執行委員會在共事的過程中，看清楚我們是不是可靠的傢伙。要小心哦？各班的執行委員，除了抽到下下籤的那種人，大多是在班上擁有影響力的傢伙。要是被他們認為『這傢伙真沒用～～』會成為一大打擊哦？」

「說得……也是……」

「不過妳是會計，只要正確處理好業務，我想應該不會發生這種事……會被考驗天分的反倒是公關有希吧。」

學生會幹部基本上是按照職稱分配工作。書記負責議事記錄、會計負責管理預算、公關負責製作傳單或手冊之類。管理預算完全是幕後工作，不過公關的工作表現是明顯攤在陽光下，所以很容易強調成果，相對的也無法隱瞞疏失。如果製作出明顯沒品味的傳單或是不易閱讀的手冊，負責指揮製作的有希股價也會暴跌吧。

不過，對於選戰對手的艾莉莎來說，不必刻意關心這種事。政近如此改變心態，聳了聳肩。

「……哎，那傢伙應該會做得十全十美吧。會計也是，真正的戰場基本上是在校慶結束後的收支計算，這部分我也會幫忙，所以不必太在意也沒關係。」

「是喔……」

「別急別急，就說不必從現在就這麼在意了。只要按照學生會以往的方式去做，就不會發生太大的問題。」

看見艾莉莎一副有點掛心的樣子，政近刻意樂觀這麼說。不過艾莉莎面有難色陷入沉思。

（哎，感覺艾莉莎最不擅長的就是團隊合作……尤其如果必須以隊長的身分指示隊員……）

艾莉莎是完美主義者，也自覺在旁人眼中，她要求的「完美」標準過高，加上她知道自己無法以話語鼓舞、帶領周圍的人們，結果就是不依賴周圍，選擇獨自努力。

（從會計這份工作來看，完美主義不是壞事……不過問題在於她自己覺得不擅長團隊合作。畢竟將來會以學生會長的身分率領學生會……）

不過，只有這個問題並非一朝一夕就能解決。如果以話語開導就能克服心理障礙，事情就不會這麼辛苦了。

（這反倒是很好的經驗。必須趁這個機會讓她慢慢習慣才行。）

政近做出這個結論之後，朝著面有難色的艾莉莎輕咳一聲。

「唔嗯，我想想……趁這個機會先那樣吧，先來確立溝通的方法。」

「嗯？什麼意思？」

艾莉莎疑惑抬起頭，政近默默定睛注視她。

「怎……怎麼了？」

艾莉莎有點困惑般視線游移，但政近繼續默默注視她。

「咦，我身上有東西？欸，說話啊？」

艾莉莎又是俯視自己身體，又是伸手摸臉，坐立不安般這麼說。對於這樣的她，政近簡短告知。

「看得出來我想說什麼嗎？」

「咦？」

這個問題引得艾莉莎皺眉看向政近。視線就這麼相對約十秒之後，艾莉莎稍微紅著臉游移視線。

【咦？我還沒那麼……】

「等一下，妳是解讀了什麼？」

艾莉莎輕聲說出的俄語引人遐想，政近忍不住吐槽，然後輕聲嘆氣公布答案。

「我剛才想說的是『幫我拿抹布』。」

「咦？……不，這種的我看不懂啦！」

「是嗎？啊，不，妳不必真的去拿。不是這樣……我剛才頻頻以視線朝抹布示意，而且稍微開口說『幫我拿』啊？」

「這種的……」

「唔～～那麼再來一次，再試一次看看吧。」

政近朝著看似不滿的艾莉莎這麼說，然後再度開始定睛注視她。接著，艾莉莎像是回應般和政近四目相對……數秒後再度移開視線。

【用腋下？這種事……】

「所以說，妳是用什麼邏輯解讀了什麼？」

悶騷嗎？這傢伙難道是悶騷色女嗎？

艾莉莎不知為何害羞起來，政近賞她白眼，然後搔了搔腦袋無力向後躺在椅背。

雖然早就隱約知道，不過能以眼神溝通的程度比想像中還差。如果對方是有希，只要以眼神與細微的肢體動作就大致可以溝通。

（這種時候就是溝通能力、經驗與交情發揮功用了……對於艾莉來說很吃力吧。）

能夠不發一語和政近溝通到某種程度的人，是交情夠久的毅與光瑠。在學生會裡，除了有希大概只有統也。這純粹是因為個性比較合，也多虧統也的觀察力與關懷力夠強吧。畢竟茅咲這種人無法表現得這麼聰明機靈，瑪利亞與綾乃個性我行我素所以磁場不合。艾莉莎純粹是缺乏面對他人的經驗。

「唔～～……」

這在兩人聯手打選戰的時候有點不利。如果關鍵時刻無法迅速溝通，會在臨場反應的時候出現明顯差距。實際上，政近昔日就是和有希以絕佳默契突破各種難關，所以現在這麼難以傳達想法給艾莉莎，令他相當不安。

「既然露出這種表情，那就換你來解讀看看吧。」

「嗯？」

艾莉莎不滿般的聲音引得政近下移視線，發現艾莉莎正定睛看向這裡。對此，政近也端正坐姿重新面對。接著，艾莉莎她——

【這是在集訓那時候的事。】

「不，等一下！」

「怎麼了？既然你說可以用細微的動作溝通，即使我說俄語，你應該也能從音調猜個大概吧？」

「別強人所難啦……」

【最後一天吃早餐的時候……】

「不不不，不要自然而然說下去……」

【你從中途就改用我的杯子耶？】

（唔咦咦咦咦咦——？）

【雖然你好像沒察覺……】

（我沒察覺啊啊啊——————！）

意想不到的這個爆料，使得政近差點發出聲音。他連忙挖掘當時的記憶，卻完全沒有頭緒。確實，因為所有人都用相同款式的玻璃杯，所以可能拿錯。而且……

【你在我提醒之前就喝了，所以我也錯過開口的時機……】

看艾莉莎有點害羞的樣子，也不像是在說謊。

（關於拿錯杯子的間接接吻事件不知何時順利完成的這檔事。）

政近沒把心情寫在臉上，就這麼稍微看向遠方，艾莉莎則是害羞地露出惡作劇般的微笑。

【這就算是……日本傳統所說的「交杯」對吧？】

（並不算啊？）

【你要……負起責任哦？】

（好恐怖好恐怖！）

艾莉莎以為政近聽不懂就暢所欲言，政近像是投降般舉起雙手。

「等一下。我真的聽不懂啦……應該說明明是要悄悄溝通，妳這樣光明正大說出來就沒意義了吧？」

「哎呀，是喔。」

艾莉莎裝模作樣聳肩，若無其事頻頻朝臉蛋搧風。

（既然會害羞就別說啊……）

艾莉莎沒察覺政近賞她白眼，擺出稍微思索的動作。

「那麼……就學你剛才做的那樣試試看吧？」

艾莉莎說完靜靜看向窗戶，嘴唇微微蠕動，雙手慢慢抱在胸前，然後將抱胸的雙手稍微傾斜。看起來像是在央求某件事。

政近從艾莉莎這些動作解讀到的意思是……

『我想出去約會。』

（唔唔唔唔唔～～～！）

導出的這個答案，使得政近咬緊牙關差點昏死。他在桌子底下用力捏著大腿，強忍著不讓心情寫在臉上。

（嗚～～這種答案我哪敢說啊！）

要是答對了，氣氛絕對會變得奇怪；要是答錯了，那麼自己就完全是自我意識過剩的誤會仔。無論是哪一種都只看得見無地自容的未來。

「來吧，怎麼樣？知道我想說什麼了嗎？」

「唔唔……」

就像是在說「反正你應該不知道吧」，艾莉莎雙手抱胸露出挑釁的笑容。以為政近不可能知道，確信自己占上風的表情。好想用驚愕與羞恥塗改她這張表情……雖然瞬間冒出這股衝動，不過冷靜想想，這麼做的風險太高了。逼不得已，政近明知不會答對，還是說出不痛不癢的答案。

「我想想……是『今天天氣很好』嗎？」

「哼哼～～」

（火大☆）

艾莉莎明顯露出瞧不起人的表情哼笑。即使是政近看到這種反應，臉頰也終究稍微抽動，但是艾莉莎看起來不以為意，以充滿優越感的態度開口：

「完全不對。看吧，結果你不是也猜不出來？」

「……順便問一下，正確答案是什麼？」

「我想說的是『暑假也差不多快結束了』。」

「是喔……」

政近有氣無力地回應，定睛注視艾莉莎的得意表情，然後不經意地隨口這麼說：

「總覺得妳在邀我約會，是我多心嗎？」

「這！這，怎麼，可能啊？是你多心了……」

突然間，還以為是冰塊掉到背上，艾莉莎肩膀明顯顫抖，然後迅速移開視線。過於淺顯易懂的這個反應使得政近露出溫馨眼神，然後平淡回應：

「這樣啊。畢竟妳就算開玩笑也不會說這種話吧。」

「……那當然。」

「我想也是～」

政近像是讀稿般這麼說，艾莉莎瞥了他一眼，稍微噘嘴。

【什麼嘛……我邀你約會有這麼奇怪嗎？】

（唔……）

艾莉莎鬧彆扭般的低語使得政近冒出些許罪惡感，連忙出言安撫。

「總之……？畢竟至今沒發生這種事件？是的我知道喔，女生主動邀男生約會這種事只會發生在漫畫裡。」

政近迅速說完的這段話，之所以令人覺得怪怪的，是因為他暗示自己沒被「艾莉莎」邀過，而是被「女生」邀過。艾莉莎聽完明顯回復自信，露出充滿優越感的笑容。

「哎呀，真可惜耶？不過我呢？至今受邀約會的次數多到數不清了。」

「啊啊，是喔……順便問一下，妳曾經受邀赴約嗎？」

聽到政近這麼問，艾莉莎玩弄自己頭髮的手指頓時靜止。然後她突然將視線移向側邊，有點結巴地回答。

「……總之，我約會過好幾次。」

「嗯～～」

「……」

政近興趣缺缺般哼聲帶過，艾莉莎瞥了他一眼，捲著髮梢低語。

【對象是你。】

（……嗚咕。）

換句話說，艾莉莎不曾和政近以外的對象約會。雖然隱約猜到是這麼回事，不過聽她說出口就無法避免受創。政近咬緊牙關的這時候，艾莉莎突然露出驚覺不對的表情轉過頭來。

「話……話說在前面，不是被搭訕的男生約走之類的哦？」

「咦，啊啊……不，我沒懷疑這個啊？」

說起來，艾莉莎在校內也對於好幾個長相、頭腦與家世都優秀的男生不理不睬。政近從一開始就不認為這樣的她會被笨男人約走……不過艾莉莎依然努力解釋。

「我會好好挑選對象！」

「喔，嗯。」

政近受到二十點傷害。

「我會，好好……那個，只選擇喜歡……可以相信的人？做那種事！」

「唔，嗯。」

政近受到四十點傷害。

「那……那個，我已經明白了……所以，到此為止……」

政近拚命防禦，然而艾莉莎沒停手！

「我絕對不會和稱不上喜歡的對象約會！」

「……」

政近受到九十點傷害。不過以僅存的1HP勉強撐住了。

「啊，不過這不是在說我喜──你。只是不討厭罷了……」

艾莉莎嬌羞了。政近被打倒了。

◇

【欸嘿嘿，被罵了耶。】

【要溜進別間學校的音樂室果然不可能啦……】

【嗚～～……因為人家想聽阿薩彈鋼琴啊～～】

【唔唔～～……不然的話，下次的發表會邀請妳參加吧？】

【咦，真的？】

【嗯……那個，畢竟約定過了……】

【謝謝！我會期待的！】

◇

「——近同學？」

「啊！」

政近回復意識的同時猛然抬起頭，艾莉莎隨即稍微探出上半身，以疑惑表情看過來。

「……啊啊，抱歉。我剛才稍微恍神了。」

「……唔，是喔。」

突然間，艾莉莎靜靜瞇細雙眼，身上開始籠罩寒氣。

「？」

她在生氣什麼……猜不透的政近揚起單邊眉毛。此時小腿突然傳來衝擊。

「咿！」

冷不防的這記攻擊，使得閃光竄過政近大腦。看來是艾莉莎坐在椅子上的同時抬腿踹了政近小腿。

「如何？醒了嗎？」

「呃，不，我並不是因為很睏才恍神……」

政近縮起身體忍受疼痛如此辯解，但艾莉莎眼神冰冷。如果是在對話的時候睡著，她會生氣也可說是理所當然，不過……

（不對，這都是妳害的啊！）

即使這麼想，現在抗議也只會自掘墳墓。不得已，政近輕咳一聲回到正題。

「那個，所以說到關鍵時刻該怎麼溝通……」

就這樣，政近和一臉不悅的艾莉莎討論一些以眼神溝通的方法。不知道是幸還是不幸，兩人一直正經討論，沒特別演變成戀愛喜劇般的氣氛。

「——大概是這種感覺吧？啊啊，比起曾經和有希使用的暗號，我姑且換了一個版本，但是使用太多次可能會被解讀……所以盡量別在有希面前使用或許比較好。」

「這樣啊。」

「然後……對了，或許最好在不經意的習慣動作之中，選一個當成謊言的暗號。」

「謊言的暗號？」

「妳想想……在交涉之類的時候，不是可能會故弄玄虛嗎？比方說和社團交涉的時候會說『已經得到顧問老師的許可』之類的。再來就是……要逃離麻煩對象的時候？會說『接下來老師叫我過去～～』之類的。在這種時候，如果被吐槽『咦，老師有這麼說過嗎？』就會搞砸吧？所以最好能立刻讓彼此知道，現在說的這段話是謊言。」

「是喔……」

艾莉莎看起來不太能接受，政近不以為意，思索片刻之後輕輕舉起左手。

「這樣好了，就決定是以左手摸頭髮可以嗎？艾莉妳也有用手指玩弄頭髮的習慣動作吧？用左手這麼做的話就是暗號……」

「那你呢？」

「我的話……應該就是搔頭吧？總之，以左手摸頭髮的時候說的話是騙人的謊言，先這麼決定吧。」

「我知道了……但我可能會忘記就是了。」

「……總之記在腦中某處就好。」

政近說完聳了聳肩，稍微端正坐姿。接下來要說的內容，政近自己也相當緊張。

「還有……說到在無法以視線交流的狀態，也就是在並肩而坐的狀態下要怎麼溝通……有一種叫做『手心九宮格』的方法。」

「嗯？那是什麼？」

「總之正如其名，以九宮格輸入法在對方手心打字。比方說在桌底或是背後……那個，悄悄握住手？」

「咦……？」

政近略顯猶豫說完，或許該說果不其然，艾莉莎明顯板起臉。

「握住手……然後用手指撫摸手心？」

「與其說撫摸，總之就是九宮格輸入法。和手機一樣，左側深處……應該說靠手腕的那邊吧，這裡是あ行，再來依序是さ、た、な、は、ま、や、ら……」

政近張開自己的左手，從靠近手腕的位置依序指向靠近指尖的位置，接著以右手握住自己的左手。

「和手機輸入法不一樣的地方，在於あ行到ら行是九宮格輸入，わ行、濁音、半濁音、大小字切換與刪除分別是使用食指、中指、無名指與小指。敲食指一次是『わ』、兩次是『を』、三次是『ん』。敲中指一次是濁音，兩次是半濁音。敲無名指或小指一次分別是變換成小字或是刪除一個字。」

政近以右手手指輕敲自己的左手背進行解說。艾莉莎面有難色聽完之後，毫不隱藏懷疑的氣息開口發問。

「總之，我知道這個道理了……但是不會太難嗎？不提輸入的一方，我覺得解讀的一方應該來不及。」

「這部分總之得習慣。習慣後就可以正常和別人交談，同時也用手指對話哦？」

政近隨口說出超乎常人的技術，艾莉莎更加板起臉回應。

「而且……手被摸遍的感覺，我單純就是抗拒。」

「……要是聽妳這麼說，我也無可奈何吧？」

艾莉莎嘴角透露厭惡感如此斷言，政近有點受傷。「咦？這傢伙喜歡我沒錯吧？」的疑問也瞬間浮現腦海，立刻重新心想：「不對，現在不是這種問題。」

「那個……艾莉？」

「什麼事？」

「難道說……妳有潔癖？」

回想起來就發現從以前就明顯有這種徵兆。記得像是在體育課，她相當避免別人碰到她的身體……尤其是肌膚。然而艾莉莎回以超乎預料的強烈否定。

「不……不是啦！我並沒有什麼潔癖！」

「咦～～……可是，上次美化委員長要和妳握手的時候，妳不是只握了一瞬間就馬上放開嗎？」

「這是，那個……因為是我不認識的人。」

「那不就是潔癖了？」

「就說不是了！我是，那個……沒錯！任何人應該都不希望別人亂摸自己重視的東西吧？」

「咦？」

突然被這麼問，政近視線在半空中游移，稍微思考。

「……啊啊，以男人來說就是手錶或車子……以女人來說就是包包或首飾嗎？哎，確實不希望這種東西被別人沾上指紋吧。」

「對！就是那樣！」

政近稍微表示同意，艾莉莎用力點頭，上半身向後挺，將手按在自己胸口。

「我最重視的是自己的身體！所以不想被別人隨意亂碰！」

「……原來如此？」

總覺得好像懂又好像不懂。應該說……

「這和潔癖有什麼不一樣？」

「完全不一樣啦！我又不會在握手之後洗手！」

「不，妳不需要這麼賭氣否定吧……」

「需要啦！要是被說有潔癖，我不就像是神經質的女人了！」

政近將「不是嗎？」這句話吞回肚子裡，然後稍微思考艾莉莎的主張。

（唔～……總之，如果不是因為病態，而是因為自尊心太強……確實和潔癖不一樣嗎？）

政近想像著異世界所登場，會說出「能摸本小姐肌膚的，只有互許終身的男性！」這種話的貴族千金，多少接受了她的說法。

（不過貞操觀念完全是現實世界的公主大人……）

政近懷著不知道是佩服還是傻眼的感想，不上不下地點了點頭。

「唔～～總之既然妳不願意就沒辦法了……」

對方不願意就不該勉強。如此心想的政近打算乖乖讓步。然而……

「我啊！並沒有說不肯這麼做……」

艾莉莎頓時發出慌張般的聲音，然後愈說愈小聲。接著她玩弄頭髮瞥向政近，略顯猶豫地發問：

「你……這麼想摸？」

「啊？」

「那個，手……」

「咦，啊～～……」

總覺得論點大幅偏離了。不過若問想不想摸……

「總之，嗯。」

「……無論如何？」

「……無論如何。」

「啊，是喔……」

聽到政近肯定，艾莉莎停止玩弄頭髮，就這麼撇著頭將手伸向政近。

「那麼，准你摸吧？」

（不對，太好騙了吧！先前說那麼多是怎樣？把時間還給我！）

艾莉莎掛著冷淡表情伸出右手，政近在腦中猛烈吐槽，然後嘴上不同於腦中改為冷靜吐槽。

「不是右手，麻煩伸出左手。」

「咦……好的！」

艾莉莎頓時愣了一下，接著害羞地扭曲表情，撇過頭並且伸出左手。政近對這樣的她露出苦笑，準備握住她伸出的左手……在瞬間猶豫了。

艾莉莎白皙修長的手。重新審視就覺得她的手好美麗，應該沒有別人的手這麼適合形容為纖纖玉手。雖然並不是第一次牽手，但因為她剛才莫名賣關子，所以更令政近覺得不敢碰觸。

「……什麼事？怎麼了？」

「啊，沒事……那麼，恕我失禮。」

被艾莉莎投以疑惑視線，政近慎重牽起她的手。有點冰涼的柔軟小手。即使這份觸感令內心稍微慌張，政近還是以拇指輕觸艾莉莎的手心。

「那個，就是這種感覺——」

然後政近心想「早知道指甲要再剪短一點……」並且慎重滑動拇指。接著……

「唔……」

正前方傳來細微的吐氣聲。政近迅速抬起頭，發現艾莉莎微微皺眉，以不太高興的表情看著相繫的手。

「……幹嘛？」

「沒事……」

政近認為是自己多心，再度將視線移回手邊，讓拇指依序滑動。

「這是『え』，像這樣不滑動直接輕敲是『な』，這樣再輕敲中指就是『ぼ』。」

政近像這樣做完整套示範抬頭一看，艾莉莎的表情果然不太高興。但她像是在忍受什麼般緊咬下唇，這一點令政近有點在意。

「……懂了嗎？」

「……嗯。」

「這樣啊。那我寫簡單的句子看看哦？」

政近告知之後，以相當緩慢的速度移動手指。

（總之，從簡單的開始……今，天——）

「唔……」

（天，氣——）

「呼……嗯。」

（很，好——）

「嗯啊……」

（唔唔～～！不要發出奇怪的吐氣聲啦啊啊——！）

就算假裝沒察覺也達到極限了。正前方傳來莫名嬌媚的吐氣聲。指尖每次遊走，她的手就像是難耐般蠕動。自己明明不是在做什麼下流的事，卻總是覺得正在做不該做的事。

『這是手交！這兩個傢伙正在手交！』

（少煩。）

總之政近讓腦中騷動的小惡魔有希閉嘴，然後故做平靜抬起頭。

「知道我剛才寫了什──」

然後他語塞了。但也在所難免。因為現在艾莉莎白淨的臉頰隱約染上一抹紅暈，含淚的雙眼瞪著政近的臉。

【變態……】

（為什麼啊？）

再三強調，政近沒做任何下流的事。明明沒做，但她這個反應是怎麼回事？難道是句子解讀錯誤成為奇怪的意思嗎……政近的這個想法立刻被否定。

「……是『今天天氣很好』的意思嗎？」

「喔，嗯，答對了。真虧妳第一次就猜得中。」

「……」

對於政近的稱讚，艾莉莎也只是不高興般移開視線。

「啊啊～～難道說，剛才那樣會癢？」

「……有點。」

「是……是喔。總之這樣的話，可能別用這個方法比較好。畢竟要是反應在臉上，偷偷傳話就沒有意義了……」

政近像是安慰般這麼說，艾莉莎瞥了他一眼，輕聲低語。

【與其說會癢，應該說——】

「總之這是沒辦法的！有希剛開始也——」

總覺得會脫口說出不可以聽到的俄語，冒出這個預感的政近像是打斷艾莉莎的話語般大喊。然後「有希」這個名字引得艾莉莎的手產生反應動了一下，政近立刻心想「糟了」。

「我要練。」

「咦，不……妳不必勉強自己啊？」

「有希同學也是練習許多次就習慣了吧？既然這樣，那我也要練習。」

艾莉莎藍色雙眼燃起火焰般的競爭心，轉過身來一瞪。看見她的眼神，政近明白如今說什麼都沒用。

「那麼，總之……繼續吧。」

接下來花費了一小時，艾莉莎的解讀速度居然提升到和正常對話相同的速度。

「好厲害……沒想到居然可以學得這麼快……」

「那……那當然……」

露出倔強笑容這麼說的艾莉莎，臉頰完全變紅，瀏海因為汗水而貼在額頭。此外，總覺得呼吸也有點急促。

（好色！）

她的模樣性感得令政近忍不住冒出這種感想。約一小時都是這種表情，加上還吐出嬌媚的氣息，政近覺得自己的自制心受到強烈考驗。

（哎，反正這樣就結束了……嗯，撐下來了。真虧我撐下來了！）

政近在內心如此稱讚自己，放開艾莉莎的手。

「那麼──」

此時，他放開的手反被用力抓住了。仔細一看，只見艾莉莎目光炯炯，露出危險的笑容。

「接下來是輸入方式對吧？」

「那……個……」

「對吧？」

「……是的～～」

後來又花費約一小時。政近一直被開發手心……更正，被當成手心九宮格輸入法的練習台，直到艾莉莎滿意為止。

第4話 男人臉紅是能爽到誰

暑假剩下一個多星期的某天上午，毅傳來「救命」這則短短的簡訊。

看見非比尋常的這則簡訊，政近立刻打電話給毅……雖然不是那麼迫在眉睫，不過好像很難在電話裡說明。即使如此，從聲音就聽得出毅相當疲憊，所以政近立刻換上制服，前往毅與光瑠所在的第二音樂室。

「……喔唔。」

然後，政近在靠走廊的窗戶觀察內部，不禁發出僵硬的聲音。因為在室內……光瑠坐在房間角落背負著烏雲，瞳孔放大喃喃自語。雖然從毅的電話就猜到某種程度，不過闇瑠明顯降臨了。而且看來深度層級很高。

（好想回去～～……但也不能這麼做吧。）

都來到這裡了，不可能選擇回家。所以政近只嘆了口氣，然後下定決心打開門。

「啊，政近～～……等你好久了……」

接著，一直對光瑠說話的毅，立刻露出為難的表情走過來。

「喔喔……怎麼了？這是什麼狀況？」

說起來，為什麼場中只有他們兩人？今天毅與光瑠肯定和另外三名樂團成員一起練習校慶的演唱會。練習場所的預約狀況是由學生會管理，所以絕對沒錯。

「聽我說啦，其實是……」

然後，毅開始說明發生了什麼事。

◇

「對不起。」

劈頭就這麼說並且低下頭的人，是將過肩黑髮綁成雙邊高馬尾，眼角上揚看似倔強的少女。是毅擔任團長的樂團——「Luminouz」的主唱白鳥奈央。總是倔強而且自尊心強，鮮少向人低頭的她做出這種行動，樂團的其他成員不知所措。在這樣的狀況中，奈央就這麼看著下方，以壓抑情感般的聲音開口——

內容是她即將因為家庭因素轉學，無法和大家一起在校慶演出。其他成員進一步詳細詢問，得知原因似乎是父親經營的公司瀕臨破產。雖然奈央沒有繼續詳細說明，不過家裡好像因而發生了各種事。

「我想今天應該也是最後一天來到這所學校。所以……對不起。抱歉突然這麼說，不過可以讓我退出樂團嗎？」

樂團成員突然說出道別的話語，另外四人一時之間說不出話。在這樣的狀況中，一名少女慢慢走向奈央。

「怎麼這樣……為什麼不更早告訴我們？」

以難過聲音這麼說的人，是短髮的髮梢向外捲，洋溢著小動物氣息的嬌小少女。她是奈央的兒時玩伴，擔任鍵盤手的水無瀨里步。看到兒時玩伴像是大受打擊般雙眼晃動，奈央移開視線冷淡回答。

「就算說了……也沒辦法改變什麼吧？」

「或許是這樣沒錯……可是，我希望妳對我說啊……」

里步表示，即使公司的事情無能為力，至少可以共同分擔這份煩惱。得知兒時玩伴反倒是因為自己沒找她談而受到打擊，奈央更不敢直視她了。

「好了好了，里步，畢竟某些事正因為是好友才不方便說，對吧？」

里步含淚接近奈央，心想「這下子不妙」的光瑠委婉制止。接著，光瑠似乎也稍微冷靜下來，向奈央道歉。

「對不起，奈央。我不是要責備妳……」

「啊啊，嗯……」

難以言喻的尷尬沉默在兩人之間流動。像是要驅散這股氣氛，毅刻意發出開朗的聲音。

「總……總之！並不是確定沒辦法參加校慶演唱會吧？你們想想，又沒有規定校慶演唱會不准校外人士參加……咦，沒有吧？」

「這時候應該斷言吧……不，可是……這是盲點。」

「對吧？就算要轉學，就以臨時參加的感覺上台就好吧！」

「說……說得也是！奈央，不要放棄，一起上台吧！」

聽到毅情急之下脫口而出的這個提案，里步也像是要彌補剛才逼問好友的失態，以開朗的聲音贊同。

「外部……參加……？不過，這麼一來確實……」

以奈央的立場，無法參加一直當成目標的演唱會也非她所願吧。以往總是隱含倔強光芒的雙眼，只有現在軟弱晃動，依序看向同伴們的臉。此時，至今不發一語的微胖男生，輕輕將手放在奈央肩膀開口。

「奈央，不用擔心。伯父公司的那件事，我也會想辦法幫忙處理。」

「咦——？」

向奈央這麼說的是貝斯手，同時也是奈央男友的春日野隆一。男友堪稱傲慢的這段發言，使得奈央疑惑皺眉。不只是她，另外三人也看向隆一想知道是怎麼回事。隆一對此揚起嘴角，豎起大拇指指向自己。

「因為啊，我爺爺是永明銀行的行長。」

「真的嗎？」

聽到日本人無人不知的這個大型銀行名稱，毅瞪大眼睛大喊。光瑠與里步也因為驚愕而睜大雙眼。

「所以總之……放心吧，奈央。我會找爺爺說情，請他想想辦法協助伯父的公司。」

「隆一……」

男友如此可靠的提案，使得奈央眼神晃動……她緊咬嘴唇，迅速低頭，然後沒看向隆一，以堅定的語氣開口：

「……不用了。因為已經來不及了。而且……你和爺爺處得不是很好吧？」

「咦，啊啊……算是吧。不過總之沒問題的。如果是孫子一輩子的請求，那個頑固老頭也不會拒絕！」

「慢著，說得這麼帥氣卻是完全靠家人？」

「這也沒辦法吧～～？我這種只有頭腦、長相、性格加上貝斯可取的矮胖子，你覺得能讓一間公司重振嗎？」

毅吐槽之後，隆一立刻順勢回應，輕拍突出的小腹。

「不對，你的自我評價還真高！」

此時毅再度吐槽，奈央以外的四人隨即發出笑聲。至今陰沉凝重的氣氛一掃而空，回復為以往開朗和睦的氣氛。隆一像是對此感到安心般下垂眉角，溫柔向依然低頭的女友搭話。

「所以啊，雖然應該不會立刻解決一切……但是別說什麼要退出樂團。我也會努力拜託爺爺。」

隆一說完，三人也點頭看向奈央。奈央受到四名樂團成員的深情注視，然而……

「就說不用了，不需要這麼做……多管閒事。」

奈央就這麼低著頭，再度以堅定語氣拒絕隆一的提案。對於女友的頑固態度，隆一即使嘴角抽動依然打趣般笑了。

「不不不，就說別客氣了。只要是為了女友，向家人低頭算不了什麼。因為我平常就經常向老師低頭——」

「就說不用了啦！」

隆一一如往常要以自虐話題緩和氣氛，奈央回給他的卻是出乎意料堅定的拒絕。隆一的笑臉僵住，奈央抬頭以犀利視線瞪向他。

「我說過這是多管閒事吧？我沒要你做這種事！」

「呃……喂，奈央，妳冷靜一點啦！」

這段話要說是關心男友也說得太重了，所以毅試著介入仲裁。只可惜徒勞無功。

「我不是這個意思……我只是……身為男友，想要盡力而為……」

「那就分手吧！反正遠距離戀愛維持不了多久，分手就行了吧！」

「喂！奈央！」

「慢著，咦咦？」

「奈央？」

奈央說出決定性的這句話，使得隆一以外的三人發出驚愕的聲音。反觀被提分手的隆一被震撼到睜大雙眼……慢慢低下頭，然後輕聲低語。

「這樣啊……所以奈央果然沒那麼喜歡我吧。」

「什……什麼？為什麼說這種話——」

奈央失望般這麼說，但是她的視線明顯游移不定，在場的四人都沒看漏。大概是因而確信自己的推測，隆一露出卑微般的笑容說下去。

「不，我早就知道了。妳和我在一起也好像不是很快樂，老實說，我不知道妳為什麼願意接受我的表白……即使如此，因為妳再怎麼說也還是和我在一起，所以我以為好歹還有一點感情……」

聽到隆一這段話，毅與光瑠終究也不知道該說些什麼。在這個狀況下開口的是里步。

「奈央……這是謊言吧？因為妳加入樂團時說，Luminouz有妳喜歡的人……」

「！」

面對走近數步定睛仰望的里步，奈央顯露出慌張無比的模樣。她的視線像是求救般移動，最後捕捉到光瑠。然後，奈央像是要宣洩一切般放話。

「沒錯，我原本喜歡的是光瑠！可是光瑠說他不相信女性……我只好將就一下和隆一交往！所以可以到此為止了吧！」

說到這裡，奈央就抓起包包衝出音樂室。過於震撼的這個展開，使得所有人發不出聲音迎接沉默降臨。在這個狀況輕聲發出的一句呢喃聽起來莫名清楚。

「怎麼這樣……我也……」

這個聲音來自里步。她自己也是不經意這麼說的吧。

「啊，那個，我……」

聚集過來的視線，使得里步露出驚覺不對的表情盡顯慌張心情，像是逃走般離開音樂室。留在室內的是心亂如麻的三名男生。

「隆……隆一……那個……」

毅即使自己也不知所措，依然努力試著向失戀的好友搭話。然而隆一無力露出含淚的笑容，緩緩搖了搖頭。

「抱歉……讓我一個人靜一靜。」

然後，隆一也垂頭喪氣離開音樂室。毅與光瑠都沒能追上去。

◇

「簡直是地獄吧……」

聽完毅親口說明事情原委，政近不禁呻吟。這不只是修羅場，更是對於光瑠來說最大的地雷，也就是情感問題的修羅場。

（難怪會變成這樣……）

政近對於完全黑化的光瑠感到同情。光瑠基本上對於喜歡他的女生抱持心理創傷，其中「視為朋友放下心防的對象其實喜歡我」是他最難承受的類型。因為曾經造成不只失去女性朋友更失去男性朋友的結果。

而且這次也極為接近這種案例。隆一得知心上人真正喜歡的其實是光瑠之後，很難和以前一樣面對光瑠吧。所以政近認為光瑠像這樣黑化也是當然的。雖然如此……

「（說真的每個傢伙都是臭婊子好噁心真的好噁心居然說男人只會用下半身思考？用下半身思考的應該是女人吧只是稍微溫柔對待就倒貼而且不顧慮周遭就腦殘失控把人際關係搞得亂七八糟別以為只要是為了戀愛做任何事都可以被原諒好嗎啊啊真是的妳們全部死光算了……）」

「停，光瑠。差不多到此為止吧。」

光瑠以角色設定崩壞的惡毒語氣咒罵女生，即使是政近終究也出面喊停。接著光瑠慢慢抬起頭，以陰沉汙濁的眼神仰望政近。

「……政近？你怎麼在這裡？」

「是毅叫我來的……那個，剛才辛苦了。」

政近說著蹲在光瑠身旁，摟住光瑠肩膀。毅也蹲在另一邊，同樣摟住光瑠肩膀。

「光瑠真的老是犯桃花耶……哎，放心吧，只要有我們在，你就不會犯桃草。但我不知道有沒有『桃草』這種說法就是了！」

「喂喂喂，毅，你這種說法簡直像是在說你是個好男人耶？」

「咦？」

「咦？」

隔著光瑠的頭，兩人一臉正經四目相對。沉默降臨現場。打破沉默的是光瑠輕聲笑出的聲音。

「噗噗，真是的……謝謝你們。」

「喔……看來你勉強振作了，真是太好了。」

「咦？我算是很好的男人吧？對吧？」

「毅，識相一點。」

「你的問題就在這裡。」

「什麼問題啊？」

政近與光瑠一起賞毅一個白眼，一如往常的展開使得氣氛又弛緩了些。此時響起敲門聲，音樂室的門發出聲音開啟。

「打擾了，記得接下來是我們鋼琴社的練習時間……可以請你們讓出場地嗎？」

說著這段話入內的人，是感覺魅力十足的俊美少年。該說是耽美型嗎？高䠷的好身材、略帶愁容的端正容貌，搭配稍微裝模作樣彷彿貴公子的言行舉止，是非常俊美如畫的少年。名字是桐生院雄翔。

被稱為這所學校前三名的美男子，人型企業集團——桐生院集團總裁的兒子。加上在國內外的鋼琴比賽獲得輝煌的成績，所以也通稱為「鋼琴王子」。看到他神祕又俊美的臉龐，毅發出「唔呃」的細微聲音。

「啊啊，桐生院嗎……抱歉，我們立刻收拾。」

政近假裝沒察覺毅的聲音，如此回應之後以視線催促光瑠與毅。接著兩人連忙開始收拾。政近原本也想幫忙，但是判斷外行人插手自己不懂的東西只會礙事，所以決定應付來訪者兼爭取時間。

「抱歉了，剛才發生一些風波所以手忙腳亂。」

「啊啊，沒關係的。我有時候演奏太起勁也會忘記時間。」

「……你肯這麼說就幫了大忙。」

是的，幫了大忙。但他背後的鋼琴社女社員們好像完全不這麼認為，令政近感到在意。從她們的視線也明顯感受到「別讓雄翔同學為你們掛心好嗎」的意志。

「話說回來……久世，真難得看到你在音樂室耶？是加入輕音社了嗎？」

「嗯？沒有啊？這次只是毅找我過來一下。我現在光是學生會就忙不過來了。」

「是嗎？久世你不擅長樂器嗎？」

這是不經意提出的問題。但是感覺雄翔的視線像是在試探什麼，政近在內心感到納悶的同時回答。

「並不是不擅長啊？小時候至少稍微學過小提琴……還有鋼琴。」

「（噗，居然在雄翔同學的面前提到鋼琴……）」

雄翔身後的女學生之中發出隱含嘲笑的細微聲音，嘲笑聲隨即像是私語般擴散。政近當然也察覺到了，不過即使對此有所反應大概也沒什麼好事，所以當成耳邊風沒轉頭看過去。然而對此有所反應的不是別人，正是雄翔。

「喂喂喂，不可以這麼說哦？」

「……是～～」

「可是，居然在令職業鋼琴家自嘆不如的雄翔大人面前說自己會彈鋼琴，難免讓人忍不住笑出來喔。」

「哈哈哈，說什麼令職業鋼琴家自嘆不如……對我來說，鋼琴始終是興趣，我不想和職業鋼琴家競爭。」

「只是興趣就達到那種造詣……雄翔同學果然好厲害！」

一名女生這麼說完，其他女社員也點頭附和，朝雄翔投以火熱視線。

「好～～收拾乾淨了。」

此時，態度似乎有點洩氣的毅，掛著像是要咂嘴的表情走過來。

「是嗎？那麼各位，開始吧。」

「「「「是！」」」」

雄翔帶著完全對政近失去興趣的女社員們，在毅與光瑠離開的同時進入教室。毅朝著他身後投以「哼！」的視線。對此露出苦笑的政近帶兩人來到走廊，走一段路之後向毅搭話。

「你啊……是不是太討厭桐生院了？」

「與其說討厭……你懂吧？」

政近問得非常直接，毅結巴回應。實際上，毅應該也不是真的討厭桐生院吧。應該說毅這個人不會真的討厭任何人。證據就是他尷尬般游移視線，像個孩子般噘嘴。

「總～～覺得他不討人喜歡。剛才也是，居然還說『鋼琴什麼的始終只是興趣～～』這種話，完全是假裝謙虛的炫耀吧？」

「不，他剛才不是這麼說的吧？」

即使政近對毅充滿惡意的模仿吐槽，毅也不以為意愈說愈激動。

「說起來！那個後宮狀態是怎麼回事！除了那傢伙以外的社員都是女生，這應該不是鋼琴社而是後宮社吧！」

「嗯，算是……吧。」

「而且！我問過一次喔！問他『你沒有和哪個人交往嗎』這樣！然後你覺得那傢伙怎麼回答的？」

「……正常回答『沒有正在交往的對象』嗎？」

「沒錯！」

「居然沒錯？」

出乎預料答對，讓政近覺得有些可笑地吐槽，接著毅像是不耐煩般將手心向上抓啊抓的。

「雖然沒錯但是不太對！該怎麼說，他的語氣莫名故弄玄虛，讓人覺得他話中有話！」

「啊啊～～也就是說，沒有『正在』交往的對象是吧？」

「對，就是那樣！」

毅迅速以食指筆直指向政近，一臉正經地開口：

「那個傢伙，肯定吃遍鋼琴社的所有女生了！」

「你也太想入非非了吧！而且總歸來說，你只是在嫉妒吧？」

「我就是嫉妒，怎麼樣？」

「原來如此，所以毅果然也是那一邊的人吧……？」

「啊啊，光瑠！不是那樣！剛才是在開玩笑……」

光瑠身邊突然開始籠罩黑暗，毅連忙改為出言安撫。

「……總之，要不要去連鎖餐廳？」

略帶嘆息看著這幅光景的政近這麼說。

◇

「所以，到頭來……樂團這下子怎麼辦？」

進入連鎖餐廳二十分鐘。光瑠平復心情經過一段時間之後，毅輕聲發問。

「你啊……」

才剛討論完又重提這個話題，政近在冒出危機感的同時觀察光瑠。不過光瑠沒有特別起反應，所以政近鬆一口氣接續這個話題。

「哪能怎麼辦……不就只能找新成員加入嗎？至少要找主唱。」

「我想也是吧……啊～～趕得上校慶演出嗎？」

「咦，你還是打算上台？」

校慶在十月上旬，只剩下一個多月。

現在開始找新的主唱，拜託隆一與里步回來……要是在這之後開始練習，很難說是否來得及調整。何況要是聽到「來我們這裡當主唱吧！一個月之後就要正式上台！」這種話，應該鮮少有人會點頭答應吧。因為主唱是這個樂團的門面。

「但我終究覺得太吃力了……」

「哎，我想也是……不過我和叶約定過了，要在校慶演唱會展現最帥的一面。」

「啊啊，是你弟吧。記得現在是小學四年級？」

「沒錯！他超可愛的！而且非常黏我喔～」

一說到弟弟，毅就害羞地放鬆眼角與嘴角。但他立刻換上鬱悶表情抱住頭。

「正因如此，所以我這個哥哥不能毀約啊啊啊～」

這句話使得政近稍微搖晃肩膀，稍微思考之後慎重開口。

「我心裡姑且算是有一個能擔任主唱的人選……」

「咦，真的？」

「……是我們認識的人嗎？」

「是啊，不過必須詢問當事人的意願……」

◇

「啊，艾莉～～這裡這裡！」

政近稍微起身揮手，進入連鎖餐廳的艾莉莎頓時綻放笑容。但她立刻裝出若無其事的表情，一邊吸引周圍眾人的注目一邊走過來。

「抱歉啦，突然找妳出來。」

「還好啊？反正我剛好有空……」

艾莉莎像這樣說著走到桌邊……

「啊，妳好。」

「呃……午安？」

一看到坐在政近對面的兩個男生，隨即變得面無表情。

◇

「……所以，希望我擔任主唱？」

「是……是啊，怎麼樣？」

花費約十分鐘將原委說明完畢，再觀察艾莉莎的表情，發現她就只是板著臉喝著哈蜜瓜漂浮汽水。明顯不高興的這個態度，使得政近以及坐在她正前方的光瑠不禁臉頰僵硬。

『呃，欸，總覺得九条心情不好？』

『說得……也是……』

政近與光瑠斜眼看著遲遲不回應的艾莉莎，以視線相互討論。毅？他色瞇瞇看著穿便服的艾莉莎，什麼都沒察覺啊？

【突然找我出來……還以為是什麼事……】

此時艾莉莎忽然不滿般輕聲說著俄語。聽到這句俄語，政近察覺艾莉莎心情不好的原因。

（咦，啊啊……是我找她過來的方式不對吧。）

因為在電話裡很難說明原委，所以政近只說「有空的話希望妳來連鎖餐廳」找她過來……不過艾莉莎似乎誤以為是要約她出來玩，而且一來就發現毅與光瑠也在，完全不是要出來玩，才因而壞了心情吧。

【所以沒事的話就不會約我嗎……？】

「那個……艾莉小姐？所以妳意下如何？」

看到艾莉莎終於開始咬起吸管，政近再度詢問。艾莉莎隨即瞪了政近一眼，然後冷淡移開視線。

「為什麼找我？我又沒當過樂團主唱……隨便都找得到其他更適合的人選吧？」

「問我為什麼……當然是因為在我認識的人之中，妳唱歌最好聽啊？」

政近如此斷言，原本興致缺缺的艾莉莎眉頭一顫。

「……也是啦？家人經常稱讚我的歌聲哦？……不過也只有這樣？」

「居然說只有這樣……唱歌好聽是非常了不起的才能啊？妳想想，正常人會感動落淚的狀況，一輩子大概只有一次，就是在婚禮寫信給父母的那時候吧？唱歌好聽的人，只用自己的歌聲就能讓成千上萬的人們感動落淚，這是非常了不起的事吧？」

「這樣不會說得有點太誇張了嗎？」

「不會誇張，坦白說，我認為唱歌的才能是上天賦予人類的才能之中，最稀有又優秀的才能。」

「是……是喔～～？」

直到剛才有點鬧彆扭的態度消失無蹤。艾莉莎頻頻以手指玩弄髮梢，像是芳心暗喜般放鬆嘴角。相鄰而坐的光瑠與毅對她這副模樣露出深感意外的表情，轉頭相視。

『咦？難道艾莉公主意外地好騙？』

『其實是相當容易隨著別人起舞的個性……這樣嗎？』

政近無視於以眼神共享驚訝心情的兩人，繼續說下去。

「而且，這對艾莉當然也有好處哦？我敢斷言，只要妳在校慶舞台展露歌喉，支持妳的粉絲肯定暴增。而且也會成為練習團隊合作的好經驗。」

政近充滿盤算的這段發言，使得艾莉莎稍微皺眉，有點在意般看向毅與光瑠。然後她在桌子底下輕戳政近左手，在他手心以九宮格輸入法打字。

『說這種話沒問題嗎？』

前幾天學會的手心九宮格輸入法立刻用在這裡，加上艾莉莎拚命打字的這副模樣，令政近莫名覺得療癒，刻意大聲回答。

「話說在前面，不需要顧慮到毅與光瑠哦？因為他們兩人也明白這一點。這可不是單方面無條件協助同班同學，是對雙方都有好處的交易。」

聽到政近這段話，艾莉莎稍微移開視線思索。就這樣默默思考十幾秒之後，她重新面向毅與光瑠。

「我知道了。如果不介意是我，就讓我幫這個忙吧。」

「喔……喔喔！是說真的嗎？哎呀，如果艾……九条同學願意答應幫忙，我們非常歡迎！」

「喂喂喂，毅，明明還沒聽過艾莉唱歌，不可以先歡迎吧？」

「啊，可是……以九条同學的能耐，大致上應該是樣樣精通吧？哈哈哈……」

毅像是不敢直視艾莉莎的臉蛋般搔了搔腦袋，政近與光瑠以微溫的眼神看他。

「總之，如果是九条同學，我也沒意見……不過還是需要展現一下實力吧。當然也包括我們。」

「說得也是，要相互調音……是這麼說的嗎？所以形式上是先試著合奏一次再正式判斷。艾莉也同意這麼做吧？」

「嗯。」

「這麼一來……要怎麼做？找間KTV嗎？」

「不，我們現在穿制服，而且在KTV沒辦法展露你們的演奏技術吧？」

「何況我們的樂器放在學校。要合奏的話果然得在學校吧？」

「對……對喔，說得也是。唔～～以最壞的狀況，也可以租一間練團室……下次的練習日是哪一天？」

政近和毅與光瑠一起討論今後的計畫，左手就這麼和艾莉莎相繫。艾莉莎再度以指尖撫摸他的左手手心。

（嗯？怎麼了……？）

對於政近來說，即使正在對話，要解讀手心九宮格輸入的字依然輕而易舉。政近將一半的注意力放在對話，另一半集中在左手。然後……

（轉，過，來……「把頭轉過來」？）

政近依照解讀的內容，轉頭看向艾莉莎。但她只回以疑惑的視線。

「……什麼事？」

「咦，不……」

即使心想「不是妳叫我的嗎」，政近也在一瞬間搞不懂狀況而為難。該不會是解讀錯誤吧？即使他搜尋記憶……

「嗯？政近？」

「喂喂喂，怎麼了？突然看九条同學的臉。難道是看得入迷了？」

聽到對面傳來的風涼話，政近連忙重新面向正前方。此時艾莉莎隱含笑意的聲音傳入耳朵。

「哎呀，是這樣嗎？」

艾莉莎露出挑釁笑容，故意輕撥頭髮。看見她雙眼深處的奸笑，政近臉頰抽動。

（這傢伙……！）

政近咒罵自己受騙上當，故作鎮靜回應。

「沒有啊？只是覺得妳好像說了什麼，我才會稍微轉頭看妳啊？」

「哎呀，是喔。」

艾莉莎很乾脆地作罷，雙眼深處隱含的惡作劇光芒卻沒有變化。如同證明這一點，艾莉莎的手指再度撫摸政近左手。

『居然慌張了，真可愛。』

「話說，雖然現在才問，但是不能請九条同學至少加入輕音社嗎？」

「嗯？啊啊……這就難說了？不過，這麼做應該最不容易節外生枝吧……」

「可是距離校慶只剩下一個多月耶？只加入這麼短的期間就退社也不太好……」

「沒錯吧？」

『這次是真的，可以再轉過來一次嗎？』

「唔～～這方面要找社長商量吧……我覺得應該不會因為不是輕音社社員就不能參加演唱會，不過學生會幹部就這麼以外人身分參加，事情也會變得有點複雜……」

「哎，說得也是……這部分由我來協調一下。」

『怎麼了？鬧彆扭了？』

「慢著，這件事等到確定九条同學正式參加再進行就好吧？」

「這麼做應該比較好。下次練習是開學典禮的兩天前吧？在那時候正式決定，如果要入社就等第二學期再入社……」

『好像小孩子，真可愛。』

（不准早早就濫用我教妳的手心九宮格輸入法啦啊啊！）

政近一邊和毅與光瑠對話，一邊在內心慘叫。

即使努力不做反應，不過艾莉莎或許真的有話要在私底下說，所以政近還是將部分注意力放在她的手指……然而她完全就是在惡作劇。只是在捉弄逞強堅持不做反應的政近而已。

既然這樣，接下來就別再解讀吧。政近下定決心專注討論。然而……

（唔，總覺得，這樣就某方面來說……）

停止追蹤手指動作的結果，注意力反而集中在手指的觸感。艾莉莎滑嫩的指尖在手心遊走。手指每次輕敲，彼此的手就輕輕交握重疊。

（慘……慘了……因為不久之前才被開發，總覺得好酥好麻！）

某種快感沿著背脊往上竄的感覺，使得政近感受到危機。不過要是在這時候甩掉她的手會覺得很失禮，也覺得像是認輸。就算這麼說，卻也想不到能在對話時突然離席的藉口。

（不，可是，有點……真的不妙。話說在桌子底下這樣偷偷摸摸，總覺得是在做什麼不該做的事……）

政近自覺身體深處逐漸火熱，心想總之要快點結束對話。然而遲遲沒能如願。主要是因為毅心血來潮就會到處離題，所以遲遲無法討論到一個段落。即使如此，政近還是勉強動員所有理性，一直保持平靜的態度。

「那麼，實際要在演唱會唱的歌，音樂檔與歌詞先給她比較好吧？」

「嗯，說得也是。話說回來……」

「嗯？」

「政近，總覺得你是不是臉紅了？」

「咦？」

聽到光瑠指出這點，政近頓時僵住。

「真的耶，臉有點紅。還好嗎？」

接著毅不經意表達關懷之意。被兩名好友投以純真眼神……政近強烈想要挖個洞躲起來。

湧上心頭的情感，是在朋友面前愉快偷玩禁忌遊戲之後受到兩人關懷的強烈內疚，以及屈服於艾莉莎的惡作劇，光是被玩弄手心就臉紅的屈辱、羞恥與自我厭惡。

（啊啊啊啊啊～～！好想消失好想死乾脆殺了我吧！現在立刻殺了我吧～～！）

政近甚至沒有餘力辯解，縮起肩膀。艾莉莎的聲音傳入他的耳中。

「哎呀，怎麼了？難道是發燒了？」

聽到過於假惺惺的這段話，政近斜眼狠狠瞪向艾莉莎。不過艾莉莎視若無睹，反倒滿意般揚起嘴角，讓手指在政近手心舞動。

『今天就到這裡放過你吧。』

艾莉莎輸入最後這句話之後放開手，拿起哈蜜瓜漂浮汽水，然後打從心底愉快般露出笑容，陶醉享用勝利的美酒。

第5話 遮羞俄羅斯語，簡稱露出愛語

「這樣啊，結果沒辦法嗎……」

『是啊……哎，這也在所難免。』

艾莉莎答應擔任主唱的隔天，政近在自己房間以手機和毅交談。話題是Luminouz的貝斯手隆一以及鍵盤手里步。

『他們兩人都說想要暫時停止樂團活動……雖然不知道會多久，不過應該趕不上校慶吧。』

毅的聲音沒有霸氣，不像是以往充滿活力的他，可見他和兩人溝通的時候消耗不少精力。

「這樣啊……哎，總之在留下心結的這種狀態，即使玩樂團應該也無法培養默契吧。」

『就是說啊～～……話說回來，沒想到居然連里步都喜歡光瑠……』

「……嗯？」

毅輕聲說出的這句話，使得政近頭上冒出問號。

「……之前說過這種事嗎？」

『咦？因為里步離開的時候說了「我也……」，那句話的意思應該是里步也喜歡光瑠吧？所以光瑠也更加變成那種狀態……』

「……唔～～？」

依照前因後果來看，聽起來確實是這個意思。即使如此，政近還是冒出某種突兀感……不，真要說的話，在這之前就有突兀感。

政近透過毅與光瑠，以「朋友的朋友」的形式，和那三個人有著相當程度的交流。站在政近的角度，這次聽毅說的事情原委只令他覺得不對勁。當事人的毅與光瑠，似乎因為打擊太大所以沒察覺就是了。不對，這已經不只是突兀感的程度——

『唉……可是這麼一來，貝斯手與鍵盤手怎麼辦……明明好不容易請來艾莉公主幫忙了……』

毅以意氣完全消沉的聲音嘆息發牢騷。聽到他這麼說，政近中斷自己的思考，同時察覺毅的內心沒有「放棄」這個選項。即使如此，他還是重新確認。

「現在這樣，已經有一半以上的團員退出了……你還是想在校慶演奏嗎？」

『嗯？哎，是啊……畢竟和叶一言為定了，而且……』

「而且？」

『要是在這時候中止，光瑠他……感覺會一直放不下這次的事件吧？』

毅說出對好友的純粹關懷，然後立刻像是掩飾般增加音量。

『而且還有那個！可以和艾莉公主合作的這個機會，我可不能放過！』

「……哈哈，說得也是。」

雖然毅嘴上這麼說，但這明顯不是主要目的。無論如何，比起對女生的非分之想，還是以男人之間的友情為優先。因為丸山毅就是這樣的男人。

「好，既然這樣，貝斯手與鍵盤手就交給我來找吧。」

『咦，你內心還有什麼人選嗎？先不提鍵盤，會彈貝斯的傢伙，我覺得除了輕音社應該很難找……』

「總之，我有點頭緒……真的需要的話，我來彈吧。」

『咦，真的？你會彈貝斯？』

「雖然沒彈過，但是我會拉小提琴。既然一樣是弦樂器，應該差不多吧？」

『我覺得差很多吧！還有，我也是第一次知道你會拉小提琴！』

「是嗎？哎，畢竟技術沒有好到可以刻意炫耀的程度……頂多就是能用兩倍的速度演奏《查爾達斯》罷了。」

『那不就是怪物嗎？』

後來隔著手機閒聊一陣子，在毅的心情回復到以往水準之後結束通話。然後政近開啟簡訊應用程式，傳簡訊給剛才對毅說的「內心人選」。

◇

「……事情我明白了。」

隔天，政近和約見的對象……昔日在國中部學生會共事的谷山沙也加，在某間咖啡廳面對面。等待餐點上桌的這段時間，默默聆聽政近說明的沙也加，在政近大致說明原委之後靜靜開口。

「所以呢？你說明這些之後，找我有什麼事？」

幾乎感覺不到親近的意願，冰冷的聲音與視線。除了極少數的人，沙也加基本上對任何人都很冷酷，加上曾經和政近上演壯烈的選戰，所以感覺她對政近特別無情。

簡直像是逼問部下的嚴厲女上司。她的雙眼隱含著不允許隱瞞任何事的炯炯目光。正因如此，所以政近也沒隱瞞或是打岔，老實回答。

「我開門見山直接說吧。可以請妳加入毅他們的樂團，擔任新的貝斯手嗎？」

「為什麼？貝斯這種樂器，我……」

「妳會彈吧？」

政近沒讓沙也加說完，目不轉睛看著她的雙眼。沙也加也像是要看透政近的真正用意般定睛注視。

然後，在政近視線朝向沙也加放在桌面的雙手時，沙也加輕聲嘆氣，身體深深向後靠在椅背。

「假設我會彈貝斯，你這個提案對我有什麼好處？」

沙也加平淡扔下這個問題，讓眼鏡反射光芒，嘴角露出淺淺的笑。

「難道說，你要我無條件協助九条同學博取人氣——」

「抱歉久等了～～這邊是『娜庫夏的補血三明治』以及『ＭＰ藥水』～～」

「哇，哇，好棒！」

「再努力撐一下好嗎？」

面對店員送上桌的料理，沙也加瞬間讓嚴肅氣息煙消雲散，政近賞她白眼吐槽。是的，其實這間店雖然是咖啡廳，卻是跟企業合作的主題咖啡廳。

店內的設計概念是傭兵與冒險者聚集的酒館，菜單也準備了動畫劇情登場的料理，以及符合各角色形象的飲料，每一道都非常用心製作。

「然後這邊是『蓋魯格的龍肉漢堡排』以及『矮人族的火酒』。」

「啊，謝謝。」

繼沙也加之後，政近面前也擺上料理。順帶一提，雖說是龍肉漢堡排，實際上當然是牛豬混合絞肉，雖說是火酒卻不含酒精。始終只是惟妙惟肖重現劇中登場的模樣。

（不過，做得真好……有希也來的話應該會很開心吧。）

其實這間主題咖啡廳，政近原本是為了帶有希一起來而訂位的。不過有希湊巧有別的行程不能來，剛好空出來的名額就用來約沙也加了。

至少傳照片給有希吧。如此心想的政近拿起手機。正對面的沙也加也正在用手機拍照。就這麼暫時經過一段沉默的拍照時間。兩人也沒忘記互換座位拍攝對方的料理。

像這樣拍了一輪照片，欣賞飲料附贈的杯墊之後，沙也加慢慢換上正經表情。

「所以呢？難道你要我無條件協助九条同學？」

「不可能不可能，妳以為現在的妳還能裝嚴肅嗎？」

政近平淡吐槽，然後拿起叉子。

「好了，畢竟有時間限制，總之先吃吧。」

以這段話催促之後，沙也加也稍微皺眉，朝著三明治伸出手。兩人就這麼花了約二十分鐘用完餐之後，政近回到正題。

「所以，關於樂團這件事……我覺得對妳來說應該也很吸引妳吧？妳想想，成員不夠的樂團立志參加校慶演出，簡直像是《輕冬》的劇情。」

聽到政近這麼說，沙也加眉頭一顫。《輕冬》（正式名稱：《輕音部沒有冬天》）這部動畫描述輕音社因為成員轉學導致人數不足，被預告即將廢社，為了避免這個結果而立志在校慶的演唱會成功演出。「沒有冬天」這個標題包括兩個意思，分別是「這樣下去無法迎來冬天」的危機意識，以及「不會接受廢社的寒冬時代到來」的決意表明。這部動畫在三年前爆紅，留下讓許多御宅族踏上輕音之路的佳話。

而且就政近看來，沙也加恐怕也是其中一人。證據就是她在遊樂園對有希的T恤產生過度反應，指尖也隱約留下長繭的痕跡。

「……不過，我也不是無法理解。畢竟貝斯手奏美也是後來才加入的成員。」

沙也加緩緩點頭，將眼鏡的鼻橋往上推，讓眼睛藏在鏡片後方。

「雖然不是無法理解，可是啊？主唱露娜也是銀髮，想讓弟弟看見自己活躍模樣的動機和光理對妹妹的愛相通，何況光理這名字和清宮同學的名字超像，而且——」

「嗯，妳比我想像的還有共鳴，真是太好了。」

看到沙也加推著眼鏡迅速這麼說，政近朝她投以溫馨的眼神。沙也加就這麼一直熱烈說著《輕冬》的話題長達三分鐘。接著她忽然回神，輕咳一聲之後露出冷酷表情。

「總之，就是這麼回事……不過即使這麼說，我也不能協助九条同學……」

「不，就說不可能了。今天的妳已經不可能回到嚴肅模式了。」

政近內心懷著「真虧妳至今沒有穿幫」這個不知道該說傻眼還是佩服的感想，並且將手伸到椅子下方。

「總之，我不會要求妳免費幫忙哦？」

看到政近說完拿到桌面的東西……沙也加的眼神變了。

「什麼，這……這是……！」

沙也加像是要踹倒椅子般猛然起身，迅速將臉湊過去注視這個物體。知道自己沒看錯之後，她以稍微顫抖的沙啞聲音開口。

「在動畫官方廣播節目的粉絲來信單元，只有信件被採用的人可以獲得，附上聲優親筆簽名的原創卡面禮物卡……而且是最後一集的？」

「妳居然知道，真是了不起。這東西每集的圖面都不一樣，很厲害對吧～～尤其這張最後一集的大合照圖面，是全新繪製的特別規格。全世界只有五張，是至今不曾被轉賣的真正典藏精品。」

聽完政近像是宣傳的說明，沙也加喉頭因為吞嚥而蠕動。政近對她的優秀反應咧嘴一笑，把夾在兩張壓克力板中間封存的這張卡放在桌上。

「如果妳答應幫這個忙，這東西就讓給妳。」

露骨的收買行為，使得沙也加雙眼靜靜瞇細。頓時回復為冰冷表情的沙也加迅速坐回椅子上，嘲諷般輕嘆一口氣。

「居然想用精品釣我上鉤……我真的被看扁了。」

「這種話等妳放手再說。」

只不過她的手緊緊抓著桌上的禮物卡。政近就這麼拿起禮物卡之後，沙也加的手也一起被釣起來了。貝斯手順利確保。

◇

隔天，政近繼續和內心的鍵盤手人選見面。

「所以？意思是要我當鍵盤手？」

像這樣正面發問的人，是把耀眼金髮綁成馬尾的宮前乃乃亞。對於這個問題，政近靜靜一笑。

「妳想怎麼做？」

「啊？」

聽到政近反問，乃乃亞維持半閉的雙眼稍微張嘴。這個反應使得政近加深笑容，面不改色開口提案。

「如果宮前妳想加入，我們很歡迎妳擔任鍵盤手哦？」

沒錯，是提案。不是請求。如果由這邊提出請求，就必須付出代價。政近遲遲想不到能讓乃乃亞滿足的代價，而且欠乃乃亞人情是非常恐怖的事。

正因如此，所以政近沒有求她。只基於已經成功拉攏沙也加的事實如此提案。如果想一起玩樂團就歡迎加入。

「……懂了～～故意在不同天找我與沙也親談這件事，原來是這麼回事啊～～」

乃乃亞以天生的聰穎立刻理解政近的盤算，向後靠在椅背。

「問一下，如果我拒絕會怎麼樣？」

「到時候就由我來。不過應該沒妳那麼賞心悅目吧。」

「是喔～～？」

政近一副若無其事的樣子聳肩，乃乃亞投以別有含意的視線。但她立刻像是失去興趣般閉上雙眼，輕輕搖手。

「哎，好吧～～我就聽你這一次。但我總覺得有～～點無法接受耶～～」

「這樣啊，感謝相助。」

就這樣，五名樂團成員正式湊齊了。

◇

「所以，五名成員湊齊了。」

『等一下！』

『女人……又是女人……』

『嗯，也可以請闇瑠再多等一下嗎？』

政近以群組通話功能向毅與光瑠回報自己招攬的成員之後，兩人回以這種反應。

『就算因為學生會的關係而有點交情……但你居然招攬得到她們兩人……』

「我說內心有人選的時候，你們應該就猜得到有宮前吧？畢竟那個傢伙鋼琴彈得好是眾所皆知。」

在征嶺學園的國中部，每年都會舉辦合唱比賽。而且按照慣例，每次都由班上鋼琴彈得最好的人負責伴奏。在許多富裕階級子女就讀的這所學校，從小就學鋼琴的學生也很多，其中獲選伴奏的學生，琴藝也相當精湛。然後乃乃亞連續三年擔任伴奏，據說在校內也僅次於鋼琴王子雄翔，是排名第二的優秀鋼琴演奏者。毅也非常清楚這一點。然而……

『不，她太有名了，我沒想到你居然會找上她……』

乃乃亞身為優秀的鋼琴演奏者眾所皆知，另一方面，她對於音樂社團毫無興趣的這件事也眾所皆知（應該說她對所有社團都不感興趣）。政近一下子就成功邀請乃乃亞加入，毅當然忍不住想抱頭吧。

『話說，鋼琴與鍵盤看起來很像但是不一樣……這部分沒問題嗎？』

「咦，會相差這麼多嗎？……總之，既然她自己說會彈，應該沒問題吧？」

『這部分居然打馬虎眼嗎……還有，谷山同學？原來她會彈貝斯……不過老實說，我完全無法想像。』

「嗯，老實說，我也不太能想像。」

『咦？那你為什麼知道她會彈貝斯？』

「……哎，因為各種原因。」

政近含糊其詞，立刻切換話題。

「所以毅，你不滿意這些成員嗎？」

『啊？我沒有不滿意……反倒是成員太強害我畏縮了，應該說我擔心會不會被吃乾抹淨……』

「放心吧，那些傢伙也沒那麼饑不擇食。」
『我不是這個意思啦！如果是這方面的意思，我反倒務必想被吃掉！』
「放心吧，絕對沒這種機會。」
『為什麼啊！姑且不提谷山同學，如果是宮前同學，我說不定可以被她美味享用一番——』
「就算萬一可能發生這種事，只有那傢伙千萬別碰，真的。」
政近以非常正經的語氣忠告之後，向光瑠搭話。
「就是這麼回事，所以光瑠你放心吧。因為以那三個人來說，她們絕對不會喜歡上你。」
『……真的嗎？』
「嗯。萬一可能發生什麼戀愛相關的麻煩事，我也會以經紀人的身分處理。」
『咦，經紀人？』
政近隨口說出的詞彙，使得毅驚聲反應。對此，政近以洋溢意外感的聲音回答：
「……我原本就是這麼計畫啊？既然這些新成員是我找來的，當然也應該由我照顧吧？」
『哎……是這樣嗎？』

「就是這樣。而且如果沒有我當緩衝，你們和那三人可能很難相處融洽。」

『啊啊，這方面……確實沒錯。』

得到毅的信服之後，政近回頭說服光瑠。

「總之，就是這麼回事……所以願意相信我一次，一起努力看看嗎？」

『……』

經過短暫沉默之後，響起光瑠輕聲嘆氣的聲音。

『……知道了啦。她們是政近挑選並且帶來的人，我不會在這時候耍任性。而且說起來，前任成員離散的原因也在我身上……』

「不，這種事你不用在意吧？」

『嗯，光瑠你完全沒有錯，也不必覺得有責任。』

『……謝謝。』

聽到政近與毅立刻這麼回答，光瑠輕聲一笑，也答應和那三人組樂團。兩天後，五名成員首度在第一音樂室見面。然而……

「「「「……」」」」

總之，氣氛很沉重。不，感覺沉重的或許只有男生組……

早早抵達之後一直在滑手機的乃乃亞。默默調整貝斯的沙也加。面對閃亮的女生組發揮純情個性的毅。已經身披少許陰暗氣場的光瑠。單純有著溝通障礙的艾莉莎。沒有任何人主動說話。全員到齊至今已經兩分鐘，明明是首度見面，卻遲遲沒有開始交談的徵兆。

（啊～～這下子比我想像的還嚴重……這時候只能由我主導了嗎？）

政近如此心想，打算先進行自我介紹的這一瞬間，至今默默調整貝斯的沙也加慢慢開口了。

「看來全員到齊了，事不宜遲馬上開始吧。畢竟好像也沒什麼時間了。」

「收到～～」

「咦，喔……」

沙也加的話語使得乃乃亞開始設置鍵盤，毅與光瑠也連忙開始準備。看見沙也加沒什麼交談就要開始合奏，政近連忙向她搭話。

「等一下，谷山。至少簡單做個自我介紹比較好吧？」

「彼此又不是完全不認識，也都知道現在的狀況，事到如今用不著自我介紹吧？何況——」

沙也加冷靜說到這裡，輕輕以手指撫摸貝斯琴頸，輕聲一笑。

「與其交談一百句話不如合奏一個音，這樣更能熟悉彼此吧。」

「突然就說得這麼帥氣……咦，妳原本就設定為這種角色嗎？」

政近忍不住正色吐槽，不過沙也加看起來像是在自我陶醉。

（話說，那把貝斯是……）

總覺得是似曾相識的貝斯。具體來說，記得大約三年前在動畫裡看過……

（……原來只是個道地的阿宅嗎？）

沙也加露出有點陶醉的眼神撫摸貝斯，政近從她身上移開視線，看向乃乃亞。

「宮前，妳有自己的鍵盤啊。」

政近不經意朝著正在安裝自備鍵盤的乃乃亞這麼說，乃乃亞隨即抬頭回答。

「嗯？剛買的啊？」

「咦，難道是為了這次買的嗎？特地去買？」

「嗯。」

「啊啊～～……這下子應該對妳說謝謝還是對不起呢……基本上妳可以去向輕音社的社辦借用啊？」

「既然要彈，我想用自己的鍵盤彈。何況不像鋼琴那麼貴，所以算不了什麼。」

「啊啊，是喔……」

乃乃亞平淡說完聳了聳肩，政近也不上不下地點頭回應。此時毅從琴頭提著吉他走過來，找政近說悄悄話。

「（雖然說得那～～麼輕鬆，不過她那套設備，光是鍵盤本身就是將近十萬的款式耶？再加上周圍的器材，應該會到十三萬左右吧？）」

「（真的嗎？）」

居然說這樣算不了什麼，金錢觀念完全不同。可說不愧是女高中生模特兒。

靜靜感到戰慄的政近耳朵，忽然聽到艾莉莎的哼唱聲。該不會要唱出聲音吧？如此心想的政近不經意豎耳傾聽——

【理我啦～～理我啦～～理我啦～～】

「呃！噗！」

「喔，怎……怎麼了？」

「不……沒什麼事。」

政近連忙打馬虎眼，同時基於另一種意義感到戰慄。

（這，這是……以前聽過的「快理我」之歌？）

正式歌名是《傳達不到的心意（作詞作曲：九条艾莉莎）》。面不改色以俄語哼唱的艾莉莎，引得政近投以「妳這是什麼心態啊」的眼神，然後輕聲嘆氣走向艾莉莎。

「傳達不到的心意，狀況怎麼樣？」

「誰是傳達不到的心意啊？」

「既然還能這麼犀利吐槽，看來妳應該沒問題吧～～」

聽到政近敷衍回應，艾莉莎稍微賞他白眼，然後將視線移回手上的手機。

「我起碼已經練到不看歌詞，只聽先前收到的音樂檔就能唱……可惜我是第一次搭配樂團的現場演奏唱歌，所以沒試過的話不方便說些什麼。」

「這樣啊。哎，說得也是。」

「慢著……你是經紀人吧？不指點一下嗎？」

「咦，辦不到。畢竟我沒玩過樂團。」

「一點都不可靠……」

艾莉莎皺眉責罵，政近聳肩回應。

「哎，我唯一能說的就是……妳不必貿然保留實力或是配合周圍，儘管拉高音量唱吧。」

「這是怎樣，這種事真的可以做嗎？」

「居然說『這種事』，但我認為做得到的人意外地少吧？」

「喂～～差不多可以了嗎～～？」

此時毅朝這邊搭話，政近以手勢催促艾莉莎。

「那麼，妳去吧。」

「好的。」

所有人各就各位，艾莉莎站在最前面。就這樣，五人的第一次合奏開始了。

「喔喔……」

剛開始是有點生硬的演奏。不過在加入艾莉莎歌聲的瞬間，氣氛變了。

舒暢又隱含透明感，卻也感覺得到紮實力道的美聲。就像是以這個歌聲帶領，四人的演奏逐漸整合。不只如此，艾莉莎在副歌將近的時候增加音量，四人的演奏隨即像是受到引導般愈來愈火熱，等到進入副歌，情緒一口氣爆發。挾著這股氣勢衝完歌曲的第一段，最後留下吉他的餘韻結束演奏。

「喔喔～～！」

在瞬間的寂靜之後，政近發自內心鼓掌叫好。雖然還有各種細節有待琢磨，即使如此，這段演奏依然充分令人感受到這些成員的潛力。感覺未來可期的似乎不只是政近，毅有點激動地大聲開口。

「喔，好厲害！九条同學唱得超好！谷山同學與宮前同學也是最棒的！」

「真的耶，我沒想到第一次就能演奏得這麼痛快。」

男生組完全亢奮起來，女生組卻冷靜以對。

「唔～～果然和自己彈的狀況差很多耶～～」

「剛開始的時候七零八落的，是九条同學救了我們。」

「……總之，第一次的話大概就是這種程度吧？」

聽到三人的冷靜反應，毅與光瑠也稍微苦笑。不過在政近眼中，艾莉莎的話語應該也隱含遮羞的要素。

「既然這樣，再重複練幾次吧。然後試著把整首歌跑一遍。」

「喔，喔喔，說得也是。」

眾人因為沙也加的這段話而再度開始練習。就這樣整整練習約四十分鐘。

「副歌的第三小節有點掉拍。這裡多練幾次吧。」

「啊啊，說得也是。」

「嗯。」

「收到～～」

「好的。」

回過神來就發現，眾人自然而然以沙也加為中心持續練習。

（不愧是谷山……視野很廣，對別人觀察入微。）

在政近眼中，沙也加是道地的指揮官類型。說到如何推動集團的運作，感覺鮮少有人擁有像她這麼優秀的天分。

艾莉莎是認為自己一個人動手會比較順利的類型，不過沙也加完全相反，她確信由自己成為核心帶動別人，是最有效率又順利的做法。而且實際上也會很順利。這份成果成為實績，周圍的人們不知何時開始認為「按照谷山說的去做就沒問題」，覺得擾亂這份和諧的人很討厭。

不是訴之以情，也不是依賴領袖氣質，而是以「確實的成果」這個徹底的實利推動周圍的人們。這就是天生歸類為統治者的沙也加擁有的天賦。

（真是的，這樣的人站在我們這邊很可靠，另一方面也很棘手……艾莉，妳懂嗎？這樣下去的話，假設將來順利當選學生會長，實務的核心也可能被谷山搶走哦？）

剛才政近所說「拉高音量」的這個建議，也包含了這方面的意思……不過艾莉莎看起來沒察覺。

（哎，不會從起頭就這麼順利吧。接下來才要開始。）

無視於政近的這種想法，興致高昂的五人繼續練習。

◇

「好～～那麼時間差不多了，就來收拾與開會吧～～」

音樂室的借用時間剩下十五分鐘的時候，政近拍手向眾人這麼說。

「總覺得原本只是要見面打個招呼，卻認真練習起來了……總之就以這些成員一起朝著校慶努力，各位沒異議吧？」

「對，連一個異議都沒有！大家是最棒的成員！」

「嗯，三位請多指教。」

「好的，請多多指教。」

「指教～～」

「請多指教。」

就這樣正式決定由這五人組成樂團，說好在新的學期再次練習，各人在這之前要想一個樂團名稱，然後今天就此解散……

「啊，艾莉方便借點時間嗎？關於後天的開學典禮，我有事要對妳說……」

政近一邊以左手搔頭，一邊對艾莉莎這麼說，然後看向另外四人。

「喔喔，這樣啊。那我先走了。再見。」

「兩位再見。」

「在新的學期再見吧。」

「拜啦～～」

「嗯，再見。」

「好的，再見。」

目送四人走出音樂室之後，艾莉莎以疑惑表情看向政近。

「所以，開學典禮的事是什麼？明天不是要到學生會做準備嗎？」

「不，這當然是藉口啊？應該說……妳沒察覺暗號？」

「咦？」

「妳想想，用左手摸頭髮的時候……」

「啊……」

艾莉莎似乎在這時候想起先前和政近說好「以左手摸頭髮的時候說的話是謊言」。她有點尷尬般縮起肩膀，靜靜移開視線。

「……對不起，我忘了。」

「啊啊，沒關係啦……總之先去中庭吧。」

要是又被別的團體催促也很麻煩，所以先將場所改到中庭。中庭鄰接的走廊平常人潮絡繹不絕，不過現在終究還在放暑假，所以中庭只在今天空無一人。

「好啦……所以，練習狀況怎麼樣？」

並肩坐在樹蔭長椅之後，政近立刻發問。艾莉莎對此沒特別猶豫就回答。

「這個嘛……老實說，比我想像的還要快樂。我沒想到和別人一起創造音樂是那麼快樂的事。」

「這樣啊，那就好。」

聽到艾莉莎的率直感想，政近由衷如此回應。如果艾莉莎覺得和別人合作很快樂，政近認為這是一種進步。

【如果你也一起加入，說不定會更快樂。】

（不要突然說這種露出愛語（Russia）！）

稍微沉浸在感傷的時候被遮羞俄羅斯語捅一刀，政近收起表情，然後清了清喉嚨進入正題。

「然後……下次練習的時候要決定團名。」

「啊？嗯，是的。」

「正常來說，我覺得會順便決定團長。」

「咦？」

大概是沒料到這件事，艾莉莎發出感到意外的聲音，稍微歪過腦袋。

「……團長不是丸山同學嗎？」

「原本是。不過樂團成員有一半以上換人了，我覺得恐怕會重頭決定哦？」
政近說完刻意裝出比較嚴肅的態度，重新轉身筆直看向坐在身旁的艾莉莎。
「然後，在這種場合……妳覺得誰會成為團長？」
聽到政近這個問題，艾莉莎瞬間睜大雙眼……略顯猶豫地編織話語。
「會是……谷山同學嗎？」
「沒錯。今天的練習，明顯發揮領導能力的是谷山。」
政近毫不留情如此斷言，艾莉莎似乎終於察覺他想說什麼，咬住嘴唇。不過政近繼續落井下石。
「換句話說，在今天的練習，妳自己承認在領袖資質這方面完全輸給谷山。毅與光瑠肯定也抱持相同感想吧。這樣下去的話，樂團團長應該確定是谷山。」
「……說得也是。」
大概是完全無法反駁，艾莉莎即使看起來心有不甘，依然同意政近的推測。不過政近在這時候聳肩，轉為發出悠哉的聲音。
「開玩笑的啦～～」
「？」
「哎，雖然我剛才那麼說，但其實在下次的練習不會決定團長是誰。」

「怎麼回事？」

艾莉莎疑惑看過來，政近以若無其事的調調回答。

「我預先拜託另外四人了。請他們在正式上台當天……正確來說是在最後一次預演的時候決定樂團團長。」

「咦？」

艾莉莎皺眉摸不著頭緒。此時政近再度換成正經表情，直視她這麼說。

「艾莉，在一個月後的正式上台之前，妳要讓他們四人認定妳才是最適合的團長人選。如果做不到，妳想成為學生會長只是痴人說夢話。」

「！」

「即使在這所學校，谷山肯定擁有數一數二的領導能力。妳要從她身上學習所有能學習的東西，以妳自己的方式好好超越她。」

聽到政近這段話，艾莉莎低頭數秒之後仰望天空。經過短暫的沉默之後，她以隱含決心的聲音簡短回答：

「我知道了。」

「……好。」

這張毫無迷惘的側臉，使得政近在憧憬的同時感到滿足。他自己也抬頭仰望天空，以一如往常的語氣向身旁開口：

「總之，我也會一如往常輔助妳。」

「好的……你是我的靠山。」

然後，彼此不約而同輕輕牽手。如同要相互傳達對於彼此的信賴。

兩人朝著夏季天空的宣誓，確實刻在彼此的胸口……然後，新學期開始了。

第6話 這個我真的覺得無罪

「喔喔～～好棒～～」

九月一日，暑假結束的第二學期第一天。開學典禮與班會時間結束之後，政近從教室窗戶俯視操場方向，置身事外般這麼說。他的視線前方，是從體育館入口往外大排長龍的隊列，以及在操場狂奔要加入隊列的許多學生。擁擠程度令人以為是否有哪位藝人光臨，然而當然不是這麼回事。現在該處正在販售制服。是的，學生會長劍崎統也傾盡全力促成改版的夏季制服現正販售中。

只不過，雖說新版夏季制服順利完成，卻沒有統一換穿。新版夏季制服是在福利社販售，要不要買是各人自由。至少接下來的三年，新舊版本的夏季制服都可以穿。不過預料會造成搶購，所以只限今天在體育館設置臨時販售所來因應……這是在教職員會議的決議，看來這個判斷是正確的。

如果只在福利社販售，排隊購買的學生與想要回家的學生應該會擠成一團，導致走廊變得一片混沌。

「不管怎麼說，大家還是覺得這套長袖西裝制服很麻煩吧……」

艾莉莎以有點五味雜陳的表情，看著正在奪門而出衝到走廊的同學們低語。

關於制服的變更，學生之間也有反對意見，實際上也斟酌這些意見訂下「新舊兩種制服暫時都能穿」的規則……不過從現狀來看，絕大多數的學生都想換穿新版制服的樣子。或許是真的進入新學期之後，要形容為殘暑也有點熱的天氣令人吃不消，也可能是看見換穿的人比想像的多，心想：「咦？這樣下去沒換穿反而顯得格格不入？」而冒出危機感。

雖然不確定原因，但總之在統也主導下實現的制服改版計畫，似乎為許多學生所接受。

「這麼一來，到最後所有人都會換穿新制服吧？畢竟實際上今天也超熱的。」

毅說著以手掌朝臉搧風。光瑠也點頭同意，感觸良多般開口：

「不過，明天之後終於可以從這套西裝制服解脫了，真是謝天謝地……因為校規規定上下學的時候穿制服是義務。」

「抱歉在你們開心的時候打岔，不過新的襯衫其實好像有點熱哦？」

「咦，為什麼？」

毅與光瑠同時露出「真的嗎？」的表情，政近朝兩人聳了聳肩。

「相對的，使用的材質不會輕易透光。好像是因為全國頂尖的征嶺學園學生，千萬不能在公眾場合出醜。」

「呃，等一下……所以，換句話說……」

毅以驚愕的表情說到這裡瞥向艾莉莎，以艾莉莎聽不到的細微音量詢問政近。

「（女生內衣透光的事件，完全不會發生嗎……？）」

毅以嚴肅到像是笨蛋的表情問完，政近也沉重點頭。

「（……就是這麼回事。）」

「（荒唐……）」

毅踉蹌倚靠在窗框，然後看向窗外，靜靜露出心酸的笑容。

「居然會這樣……這個世界沒有夢想與希望嗎……」

「你在和平的日本說這什麼話？」

「今天也是，明明進入新學期，卻沒有出現自稱未婚妻的美少女轉學生……」

「這種事件怎麼可能在現實世界發生？還有，最近說到轉學生，嚮往平凡生活的前特殊部隊隊員或是前英雄才是趨勢喔。」

「那不就是主角？我不就變成配角了？」

「……是啊。」

「剛才的停頓是怎麼回事？」

「沒有啦……」

聽到毅的追問，政近迅速移開視線。光瑠與艾莉莎也露出微妙表情不發一語。奇妙的停頓持續數秒之後，光瑠像是要改變氣氛，以稍微開朗的語氣回到話題。

「不過很厲害對吧？這種打破傳統的嘗試，我以為不會獲得來光會的贊成所以不可能實現。」

「來光會」是征嶺學園高中部歷屆學生會長與副會長所組成交誼會的正式名稱。這所學校是私立名門學校，但學費其實沒那麼貴。和設施與各種制度的完善程度相比甚至相當便宜。

原因在於畢業生會捐很多錢給學校。

其中來光會捐款給學校的金額遠超過其他名義，按照比例來看，對於學校的影響力當然也很強。

這次的制服改版當然也用掉相當額度的捐款，所以沒有來光會的贊成就不可能實現這個方案。

「哎，不過實際上提出反對意見的，好像是相當年輕的會員。」

政近說完聳肩，毅由衷感到意外般揚起眉毛。

「咦，是這樣嗎？我一直以為這種事反倒是食古不化的老頭子們會反對。」

「來光會的老頭子們，真的都是政經界的大人物喔～～……所以大概已經不會在意這種小事吧？」

「……也是啦，我不太能想像新倉先生批評母校制服的樣子。」

「對吧？」

「嗯？新倉先生？」

艾莉莎頭上冒出問號，政近心想「咦，妳不知道嗎？」補充說明。

「新倉首相。妳想想，就是擔任總理大臣的……」

「呃！咦？」

「九条同學妳不知道嗎？」

看到艾莉莎打從心底吃了一驚，毅也以介於敬語與平輩的語氣詢問。雖然已經是一起組樂團的交情，但在這時候的態度還是有點客氣。

「總之，來光會並不是在檯面上相當活躍的團體，所以得問相關人士才知道。」

即使如此，這個組織在征嶺學園學生間還是相當有名。但也沒有傳得甚囂塵上，所以人際關係不廣的艾莉莎難免不知情……政近自行這麼解釋，委婉幫艾莉莎說話。

順帶一提，說到為何沒有口耳相傳，原因只在於「這不是什麼稀奇的事」。因為在現存的來光會成員之中，包括新倉首相有四人擔任過總理大臣。如果加上已經作古的人就有數倍之多。普通學校應該會宣傳「某某前總理是本校畢業生！」，不過在征嶺學園是「咦？總理大臣？啊～雖然要查過才知道，不過應該是我們學校出身吧？」這種程度，所以沒有任何人會逐一關心。

「順帶一提，說到名人的話，財務大臣大沼或是東京都知事七瀨好像也是？然後，谷山的父親是谷山重工的社長，除此之外，像是吉爾庫斯的社長、永明銀行的行長、克拉利可的會長……要列舉的話沒完沒了。」

政近屈指列舉，說到一半嫌麻煩放棄了。光瑠隨即以不經意的語氣補充說明。

「還有，記得周防同學的祖父也是大人物。好像是前任駐美大使？」

「……啊啊，沒錯。」

政近自己也知道聲音變低，心想這樣不太妙。毅看起來沒特別在意，不過政近感覺到艾莉莎與光瑠以略感疑惑的眼神看過來，暗自咂嘴反省自己粗心大意。

「辛苦啦～～」

不過，他們在等的人剛好在這時候出現，政近若無其事轉身看向對方。

「喔喔，辛苦……了……」

進入教室的人，是將頭髮綁成馬尾的乃乃亞。不過看見她服裝的政近等人全部愣住了。因為乃乃亞身穿的正是現在體育館販售中的新版夏季制服。搶先販售？這種事沒做過。身為學生會幹部的政近這麼說了，所以肯定沒錯。

「……妳為什麼已經穿新版夏季制服了？」

政近代表眾人提出這個疑問，乃乃亞就這麼半閉雙眼歪過腦袋。

「唔～～……總之，因為各種原因？」

「各種原因是嗎……」

既然乃乃亞這麼說，政近也無法繼續追問。雖然她十之八九只是懶得說明，但政近覺得即使打破砂鍋問到底也不會有什麼好事。既然乃乃亞說是因為各種原因，那就是這麼回事吧。

「啊啊～～……宮前，妳今天沒滑手機耶。」

為了轉移話題，政近向擅自坐在附近座位發呆的乃乃亞這麼說，乃乃亞隨即發出「啊啊～～」的聲音聳肩。

「媽媽罵我說手機玩過頭了，所以我現在稍微節制。」

「啊，是喔……」

乃乃亞親口說出「被爸媽警告了」這句出乎意料的發言，政近著實吃了一驚。感到意外的似乎不只是政近，毅有點小心翼翼地發問。

「宮前同學……原來妳會乖乖聽爸媽的話啊。」

「咦？都會聽啊？哎，不過老師說的話就不會聽喔～～笑死。」

乃乃亞掛著一點都不覺得好笑般的懶散表情，說出難以判斷是認真還是開玩笑的這段話。毅與光瑠似乎也不知道該如何反應，露出迎合的笑容。

（唔～～前途堪憂耶……）

毅看起來這樣，卻是面對女生會畏縮的類型，光瑠單純就是不擅長面對女生。艾莉莎非常不擅長交朋友。

另一方面，乃乃亞非常我行我素，沙也加不太顧慮別人的心情。老實說，雖然是政近自己找來的人選所以不該這麼說，但他無法想像這些成員和樂融融玩樂團的未來。

（正因如此，所以我必須好好居中協調才行。）

政近重新下定決心的時候，沙也加來了。然後她簡單問候就立刻開始主持。

「好啦，那麼首先決定樂團名稱吧。有意見的請舉手。」

除了六人以外沒有別人的教室裡，沙也加像是老師般站上講台環視五人。經過短暫的停頓，光瑠說著「有」舉起手。

「清宮同學，請說。」

「那個……叫做『Colorful』如何？如各位所見，感覺我們明顯各有特色……而且我覺得名稱單純一點就好。」

「原來如此，這個名稱不錯。」

沙也加說著，並且在黑板寫下「Colorful」，然後說「還有嗎？」催促眾人，接著毅迅速舉手。

「丸山同學，請說。」

沙也加點名之後，毅賣關子般靜靜露出無懼一切的笑容，然後讓嘴角洋溢自信慢慢開口。

「『Sunrise of paddy』……這個名稱怎麼樣？」

總覺得當事人非常充滿自信，但是另外五人有聽沒有懂。沙也加稍微皺眉，將眼鏡的鼻橋往上推。

「直翻是……『田裡的日出』？這是什麼意思？」

沙也加提出中肯疑問，毅筆直豎起食指。

「決定這種團隊名稱的時候，基本上要先試著用所有人名字的第一個音來取名……所以我們五人的狀況，重新排列會成為『田之朝日』！所以是『Sunrise of paddy』！這個名稱怎麼樣？」

「好土。」

辣妹毫不留情的感想貫穿毅！毅倒下了！

「……剛才的就不列入選項吧。」

而且風紀委員也毫不留情。沙也加清了清喉嚨向毅補刀，然後看向乃乃亞。

「乃乃亞，妳也有什麼想法嗎？」

「咦～～？」

乃乃亞玩弄頭髮游移視線，政近見狀在內心冒出「反正她應該會說一些標新立異的名稱，感覺不用問她也沒關係」這個想法。

（像是「真滴」或是「勁爆」或是「嗨翻天」之類的？或者是絕對無用又冗長的糟糕名稱吧。）

如此猜想的政近視線前方，乃乃亞發出「啊」的聲音。

「那麼，『雞肉丸大明神』。」

「那是啥？」

「咦～～不覺得很好嗎？」

「但我聽起來只像是居酒屋的店名啊？」

政近正色吐槽之後，沙也加也面有難色詢問乃乃亞。

「順便問一下，為什麼取這個名稱？」

「咦？隨興？」

「……」

聽到乃乃亞想都沒想就這麼回答，沙也加默默按住額頭。即使如此，沙也加也姑且將「雞肉丸大明神」寫在黑板，此時乃乃亞在她身後詢問。

「問一下，沙也親的想法呢？」

「我的想法嗎？那麼——」

沙也加稍微轉頭揚起眉毛，然後拿粉筆在黑板寫字。「昏——」

「嗯，谷山，等一下。」

「什麼事？」

「嗯，別問了先別寫，然後跟我來一下。」

沙也加在黑板寫下第一個字的時候，政近邀她前往走廊。不過沙也加當然不明就裡般皺眉。

「……不能等我寫完再過去嗎？」

「唔～～沙也親～～？我也覺得妳最好聽阿世的話哦～～？」

「乃乃亞……」

聽到兒時玩伴這麼說，沙也加不情不願放下粉筆，和政近一起前往走廊。等到門一闗上，政近就向沙也加壁咚。

「我問妳，剛才妳想寫什麼？」

「問我想寫什麼……唉。」

沙也加像是在說「你想問的是這種事？」嘆了口氣，將眼鏡往上推，平靜回答。

「昏黑夜會……剛才我想寫這個。」

「唔哈，糟糕程度和我想像的一模一樣。差點連我都受到重創了。」

「你在說什麼啊……？」

「我才想問妳在說什麼啊？順便問一下，這四個字要怎麼唸？」

「啊啊，真是了不起的敏銳度……這個名稱要唸成『Nightmare』。」

「妳這傢伙很不妙耶？廚二病嗎？遲來的廚二病嗎？」

政近的指摘是正確的。其實沙也加的御宅族資歷沒有很長。

沙也加是在國中二年級的六月成為御宅族。沒錯，就是在國中部學生會長選舉敗給有希與政近之後。

在那之前的沙也加，總是做出符合父母期待的成果，踏上符合父母期待的人生，是對此不抱任何疑問的孩子。過著符合父母期待的模範生活，就讀符合父母期待的名門學校。對於這樣的她來說，在選戰敗北是首度違背父母期待的事件。

不知道究竟會受到什麼樣的斥責……沙也加戰戰兢兢回家之後，迎接她的是父母的溫柔慰勞。受到這樣的對待，沙也加覺得預測失準……同時察覺到強迫自己「符合父母期待」的不是別人，正是她自己。後來她開始冒出「或許可以活得再隨心所欲一點？」這個想法。結果……沙也加健康成長為御宅族，然後過了兩年多，也就是現在！沙也加就在這時候迎來廚二病發病的時期！

「我不會說得太難聽。真的不要寫這個名稱。不然大家絕對會知道妳是阿宅。」

「唔！這就傷腦筋了……」

這句話對於沙也加這個隱性宅來說似乎很有效。她稍微思索之後回到教室，若無其事擦掉黑板上「昏」這個字，看向艾莉莎。

「那麼，九条同學，妳有什麼想法嗎？」

「咦，我嗎……？」

突然輪到自己提意見，艾莉莎不知所措。另一方面，毅與光瑠沒特別多說什麼。看來他們隱約察覺到某些事。

（真虧妳至今沒被別人發現宅屬性……）

政近在內心說出不知是佩服還是傻眼的感想之後，艾莉莎略顯顧慮般開口：

「那個，叫做『Fortitude』……怎麼樣？」

「『Fortitude』？『fortissimo』的同類？有這種音樂符號嗎？」

毅單純聽不懂而出糗，沙也加將眼睛藏在眼鏡後方靜靜回答：

「是『毅力』的意思。」

「啊，原……原來如此。」

「要說『毅力』也確實沒錯……不過真要說的話，應該是『不屈』的意思。」

「不屈……」

光瑠細細咀嚼這兩個字的時候，艾莉莎向他說明：

「如同日本人以謙虛的精神為美德……在俄羅斯會將不屈的精神視為美德。無論哪種困境都不屈不撓忍耐到底的精神……或許是環境嚴苛的俄羅斯特有的價值觀吧？」

「困境……」

此時光瑠與毅似乎都察覺艾莉莎想表達的意思。然後光瑠柔和一笑，朝著艾莉莎點頭。

「很好耶，我喜歡。」

「我也是！而且聽起來感覺也很帥氣！」

兩人贊同之後，氣氛一下子變成要採用艾莉莎的提案。沙也加與乃乃亞也四目相對以視線溝通。

「那麼，我想採用九条同學的提案。還有別的意見嗎？」

沙也加說完，所有人以沉默表示贊成。在這樣的狀況中，毅有點猶豫地開口：

「那個，我並不是要提反對意見……不過順便問一下，『不屈』的俄語是什麼？」

「咦？『Несгибаемые』。」

「尼斯基巴……？啊，嗯……那就『Fortitude』吧。」

結果，樂團名稱決定為「Fortitude」。

◇

「那麼接下來，關於校慶上台演奏的曲目……每組的演奏時間是十五分鐘。包括自我介紹的話，應該是三首歌曲比較妥當。之前拿到的樂譜是三首翻唱、一首原創……這部分怎麼辦？」

聽到沙也加這麼問，毅與光瑠轉頭相視。然後毅稍微結巴開口。

「啊啊～～雖然傳給大家了，不過那首原創曲是之前的樂團寫的……所以我覺得由我們演奏的話不太對。」

「這樣啊……那就正常採用三首翻唱曲吧。」

「嗯，考慮到練習時間之類的就是這樣吧。」

雖然光瑠嘴裡這麼說，語氣卻透露出不太能接受的感覺。其實他肯定想演奏原創曲吧。

「如果想演奏原創曲也可以吧？畢竟還有一個月。」

「雖說有一個月……不過基本上，要我與毅作詞還可以，作曲就不太行……」

即使政近幫忙這麼說，光瑠也沒答應「就這麼做」。毅看起來想說些什麼，也還是沒開口。毅與光瑠恐怕都是因為站在拖別人下水玩樂團的立場，不方便向實質上只是客串的女生組這麼說吧。

不過在這個時候，意外的人物開口了。

「如果想演奏原創曲，我覺得就這麼做吧。因為我也一樣，既然已經決定幫忙，我想要辦一場這裡所有人都能接受的演唱會。」

發言的艾莉莎使得毅與光瑠睜大雙眼。政近也對於搭檔出乎預料的積極態度略感驚訝。這也是因為……

（不是「我」而是「所有人」嗎……）

不是追求自己一個人的理想，而是立下全員共通的目標，全員一起邁進。艾莉莎的這段話令政近有點感動。

「不，我很高興九条同學有這份心……但是如我剛才所說，曲子……」

「既然這樣，要不要用沙也親的原創曲？」

乃乃亞毫不客氣打斷光瑠的顧慮這麼說，聞言，這次眾人的視線集中在乃乃亞與沙也加身上。

「沙也親，妳寫了好幾首原創曲對吧？」

「哎，是沒錯啦……不過只有吉他用的樂譜啊？」

「咦，谷山……妳連吉他也會彈嗎？」

「算是普通水準。」

沙也加隨口這麼說。聽完這段對話，乃乃亞以一如往常缺乏幹勁的半閉雙眼看向光瑠說道：

「就是這樣，要曲子的話有哦？話說，原本選的那些翻唱曲也是之前樂團的吧？坦白說也有曲子和艾莉莎的聲線不合，所以從選曲的部分重來比較好吧？」

「啊啊……哎。」

「這麼說的話……也對。」

「既然這樣，全都重頭來過不就好了？這麼一來翻唱曲與原創曲要花的心力都差不多吧？」

女生組展現的積極態度，使得毅與光瑠也相視點頭。

「嗯，好……我知道了！就這麼做吧！」

「好！啊，谷山同學，有音樂檔之類的嗎？我想聽聽看妳說的原創曲。」

「如果是用手機拍攝練習用的影片……我這裡有。」

「喔，真的嗎？我想聽我想聽！」

一下子充滿幹勁的毅與光瑠，就這麼亢奮地走向沙也加。然後，大家一起聽了好幾首曲子──

『該怎麼說……總覺得全都像是動畫歌，是我多心嗎？』

『應該說，歌名常常……』

『話不要說那麼明。』

男生組就這麼維持不自然僵住的表情，以眼神相互溝通。

「怎麼樣？我自負完成度還挺高的。」

反觀沙也加莫名充滿自信。

「天啊～～」

乃乃亞以辣妹擅長的含糊形容詞逃避。

「明確表現出谷山同學獨特的世界觀，我覺得是好曲子。」

唯一純真的是艾莉莎。五人對於艾莉莎的好感度大幅提升。

「我覺得第二首特別好。」

「原來如此……韻味挺不錯的。」

「啊啊，我也覺得這首是最正常……是最棒的！」

「嗯嗯，感覺相當沉穩，很棒！」

「天啊～～」

艾莉莎選擇了裡面最沒問題的一首，所有人附和同意。就這樣，演奏曲目也順利決定了。

「那麼，原創曲就決定是谷山同學寫的這首『夢幻』吧。」

「啊啊，那首的歌名要唸成『Phantom』。」

「什麼……？啊，這樣啊。」

不免覺得大約有一人的尊嚴似乎出了問題……不過當事人沒察覺就算了。

◇

（糟糕……）

隔天，政近伴隨強烈的危機感在走廊前進。

（快點……得快點才行……）

腳步有點蹣跚，視野朦朧不清。即使如此，他還是拚命鞭策雙腿向前。

只要停下來一次就完了。這一瞬間，肯定會……

（這樣下去，我真的會站著睡著！）

……聽起來或許像是開玩笑，不過這是真的。

其實政近成為學生會幹部之後，為了不讓搭檔艾莉莎丟臉，他低調修正平日的生活態度。慢慢拉長晚上的睡眠時間，努力清償睡眠債，避免在學校打瞌睡。

不過進入暑假之後，晚睡晚起加午睡的作息變成常態，導致原本大幅改善的睡眠規律再度被打亂。結果就是第二學期開始沒多久，政近就在白天被強烈的睡意襲擊。

即使如此，政近還是勉強撐完上午的課……不對，這是謊言。老實說，第四節課到最後的記憶有點模糊。但是沒被艾莉莎責備所以還好。不免覺得她曾經以有點懷疑的眼神看過來就是了……為了逃離她的視線，政近一路直指學生會室。

（如果是那裡……肯定可以好好午睡不被任何人發現。）

就這樣，政近勉強沒睡著就抵達學生會室。不過在這個時間點，政近的大腦大約有三成在睡了。

（啊，終究得設定鬧鐘才行……）

政近開門入內之後，一邊從口袋取出手機，一邊走向沙發。從預先儲存的鬧鐘設定時間選擇適當的時間之後，踢掉室內鞋倒在沙發。順勢將設定鬧鐘的手機放在沙發前面的桌子……政近至此完全用盡力氣。

◇

吃完午餐的瑪利亞，拿著裝了新版夏季制服的紙袋，前往學生會室。

昨天排隊人潮太多，瑪利亞判斷「哎，明天買就好吧」，今天也穿舊版夏季制服上學……然而今天是九月不該有的酷暑日，加上瑪利亞坐在最熱的靠窗座位。周圍是穿著涼爽短袖的學生們，反觀自己身穿襯衫、吊帶裙加上西裝外套，是令人想吐槽「別瞧不起地球暖化」的服裝。即使是瑪利亞，光是上午也已經達到極限。

所以她決定在上午的下課時間到福利社買新制服，利用午休時間換穿。不過這麼一來要煩惱的就是能換衣服的場所。瑪利亞不想以這種私人理由使用更衣室，廁所的話以學生會幹部身分與個人美感來說也ＮＧ。這麼一來，首先列為選項的果然是其他學生很少出入又能上鎖的學生會室。

「打擾了～～」

即使覺得應該沒人，瑪利亞為求謹慎還是打聲招呼再入內，隨即看見滾落地面的室內鞋，以及從沙發邊緣伸出的腳。

「哇，嚇我一跳……」

即使嚇得肩膀不禁抖了一下，睡在沙發上的那個人依然動都不動。

「……」

瑪利亞稍微提高警覺，慎重走過去，悄悄看向沙發的另一側……表情隨即變得軟綿綿的笑容。

「呀啊～～好可愛～～」

警戒心拋到九霄雲外，瑪利亞迅速蹲到政近前方，然後觀察他毫無防備的睡臉，將雙手按在臉頰發出「呀啊～～」的無聲尖叫。

「嘻嘻嘻♡阿薩在睡覺覺耶♪」

瑪利亞看起來像是正在守護幼兒的母親，露出幸福的笑容。

瑪利亞天生的母性與愛情比別人強烈許多。對於非常喜歡的對象，經常抱持想要照顧、嬌寵與疼愛的慾望。至今這份慾望主要是用在妹妹艾莉莎身上……不過艾莉莎是超越姊姊的幹練女孩，也不是會向姊姊撒嬌的類型。因此瑪利亞滿溢的母性與愛情總是無用武之地。

此時出現的是看起來精疲力盡，她非常喜歡的政近。（在瑪利亞眼中）完全在等待別人照顧的這副模樣，使得瑪利亞明顯出現情緒失控的徵兆。如果不是沙發而是床或地板，她肯定會陪著一起睡或是讓政近躺大腿。

「嗯呼呼～～好可愛～～♡」

瑪利亞完全不想妨礙政近與艾莉莎的感情，之前要政近以艾莉莎為優先也是她的真心話。不過那個與這個是兩回事。既然自己很喜歡的人在面前處於等待照顧的狀態，當然要好好照顧。要怪就怪艾莉莎不在這裡。

（艾莉真是的，居然沒能在久世學弟軟弱的時候扶持他……）

想到這裡，瑪利亞察覺或許是政近不希望這樣。正因為不想被艾莉莎看見軟弱的一面，才會在這裡休息吧……察覺這一點的時候，瑪利亞內心的疼愛與保護慾高漲了。

（真是的，久世學弟是男生才這麼逞強……那我就連同艾莉的分好好寵你吧！）

得到「代替艾莉莎」這個正當理由的瑪利亞，首先輕戳政近臉頰。

「呼呼呼～～♪戳戳～～搔搔搔～～」

以指尖輕撫政近臉頰，看見他眉毛微微顫動之後，瑪利亞嬌羞搖頭。頭頂已經噴出滿滿的愛心了。

（啊！這麼可愛的睡臉一定要拍下來！）

想到這個點子之後，為了避免鏡頭的聲音吵醒政近，瑪利亞在房間角落開始拍攝影片，然後像是要進行睡醒整人大作戰的攝影師，靜靜特寫政近的臉。

「（呀啊～～真是愛死你了♡）」

瑪利亞輕聲強忍興奮，再度戳著政近臉頰，盡情享受以男高中生來說相當滑順又柔軟的觸感。

（唔～～接下來怎麼做呢～～？）

然後她思考該怎麼照顧。無奈在沙發上不好發揮。既然沒辦法陪著一起睡或是讓政近躺大腿，只能摸頭或是唱搖籃曲……

（慢著，哎呀？這兩種我都已經在做了？）

察覺自己早已下意識地輕聲哼著搖籃曲溫柔撫摸政近的頭，瑪利亞不禁吃驚地睜大雙眼。但是看到政近不經意露出安穩的睡臉，她立刻露出笑容。基本上瑪利亞心情切換得很快，不會在意小事。總覺得政近睡臉變得安穩是因為某人不再戳臉頰，然而這種小事就別在意了！

「（好乖～～好乖～～好好睡吧～～？）」

搖籃曲唱到一個段落時，瑪利亞溫柔呢喃。然後她忽然換成另一種笑容，以沉穩的聲音向政近說話。

「久世學弟……你覺得我是樂於自我犧牲的老好人嗎？」

當然沒得到回應。但是瑪利亞看起來不以為意，說著「沒那種事喔」輕聲一笑。

「因為，我……」

瑪利亞在這時候停頓片刻，然後悄悄低語。

【Я думаю, у вас с Алей-тян не ладится.】

然後她露出有點哀傷又慈愛的眼神，撫摸政近的頭。

【Вот увидишь, ты терпеть не сможешь быть рядом с Алей-тян.】

瑪利亞以真的很細微的聲音對政近這麼說，然後稍微噘嘴，輕搔政近的耳朵。

「所以……我一點都不溫柔哦？你知道了嗎？」

改為孩子氣般這麼說完，瑪利亞再度以溫柔表情撫摸政近的頭，然後像是忽然想到般撥起政近瀏海，露出軟綿綿的笑容。

「天啊～～額頭也好可愛～～♡」

……瑪利亞心情切換得快，感性有點獨特。她以再度放鬆的表情定睛注視政近額頭。看著看著，瑪利亞不知為何好想吻下去。

（好想親一下這可愛的額頭……啊，親臉頰應該也可以？）

此時，艾莉莎的臉蛋忽然浮現在腦海。

（啊，別誤會哦？艾莉，不是這麼回事，是親一下孩子說晚安的那種感覺，應該說這是親愛的吻，不是戀愛的吻……）

瑪利亞不禁在心中向妹妹解釋，不過看著政近的睡臉，這個解釋也逐漸失去形體。

就這樣，瑪利亞輕輕嘆口氣，將手機放在地上，臉蛋慢慢接近政近的睡臉。

「（要怪艾莉現在不在這裡……）」

然後，兩人的臉接近到可以感覺彼此氣息的瞬間……

叩叩叩。

「！」

學生會室響起敲門聲。

◇

「……？妳在做什麼？」

拿著紙袋來到學生會室的艾莉莎，只在形式上輕敲幾下就打開門。接著，她看見瑪利亞不知為何非常迅速站起來，因而稍微歪過腦袋。

「艾……艾莉？沒事，只是因為久世學弟好像睡著了，所以我看了他一下。」

「……？」

總覺得姊姊一反常態顯得有點慌張，艾莉莎維持開門的姿勢蹙眉。然後她看向沙發，那裡確實伸出疑似是政近的腳。

「艾莉，難道妳也來換衣服？」

「嗯？是的……」

姊姊明顯心神不寧，艾莉莎皺著眉頭注視她的臉。瑪利亞隨即像是逃離這雙視線般轉過頭去，游移視線露出似笑非笑的表情。

「那麼必須趕快換衣服對吧？我也是來換衣服的……」

「不，政近同學在這裡，所以不行吧？」

姊姊明顯打算掩飾某些事所以語出驚人，艾莉莎像是在說「我不會上當的」賞她白眼吐槽。不過瑪利亞對此的反應超乎她想像。

「咦？為什麼？」

「啊？」

不是在掩飾，也不是退無可退，而是純粹的疑問。至少在艾莉莎眼中是如此。

「反正久世學弟睡得很熟，鎖門之後趕快換衣服就好吧？」

「不不不！」

「艾莉，噓～～！」

「啊──」

忍不住出聲大喊，艾莉莎連忙摀住自己的嘴，然後看向政近，不過政近沒有明顯動作，繼續熟睡。

「……對吧？看他這個樣子，我想應該還不會醒。」

「不，可是──」

「不然有其他可以換衣服的場所嗎？」

瑪利亞這個問題使得艾莉莎語塞。追根究柢，瑪利亞與艾莉莎都是基於各種考量而選擇學生會室，很難想得到其他有力的候補選項。

「沒事的沒事的～～趕快換好衣服悄悄離開就結束了。」

像這樣對話的時候，瑪利亞從內側鎖上門，也拉上窗簾以防萬一，接著將紙袋放在桌上，真的開始換起衣服。

「等……等一下──」

「艾莉也快點換吧，不然午休時間要結束了哦～～？」

聽到瑪利亞這麼說，艾莉莎看向時鐘，發現午休只剩下十分多鐘而板起臉。確實，如果現在移動到其他場所換衣服，回到教室的時間會很趕吧。

（可是……）

如果政近在換衣服的時候醒來……光是這麼想，艾莉莎全身就熱得像在噴火。

（還是放棄換衣服吧……）

艾莉莎做出這個決定，卻在這時候忽然心想。

在這裡換好衣服再叫醒政近，然後在政近察覺制服不一樣之後，對他說「是剛才在這裡換穿的」。到時候政近到底會露出什麼表情……想像到這裡，惡作劇的心態翻騰湧上艾莉莎心頭。

平常態度玩世不恭難以捉摸的政近，要是對於艾莉莎的言行露出心跳加速的模樣，對於艾莉莎來說是非常非常愉悅的事。偶爾展現可靠一面令人吃驚的政近，要是露出孩子般驚慌臉紅的模樣，艾莉莎會覺得可愛又可憐而忍不住想惡作劇，不惜動用自己所有的「女性特質」也想盡情捉弄。

（如果我說「剛才在這裡換衣服」……政近同學會做出什麼反應？會嚇一跳？還是回應「是……是喔～～」努力裝出若無其事的表情？）

如果裝作若無其事，就拿脫掉的制服給他看吧。或許讓他摸制服，對他說「你看，還溫溫的吧？」也不錯。雖然光是想像就害羞到身體發熱，卻更是止不住笑容。只要想像政近被自己戲弄的模樣，背脊就竄過一陣快感。

（啊啊，那個時候也很可愛……）

數天前在連鎖餐廳，被艾莉莎撫弄手心的政近露出那種惹人疼愛的模樣。當時因為是那種地方所以適可而止，不過今天就加強攻勢——

「艾……艾莉……？」

「！」

此時，已經脫掉外套的瑪利亞以有點狐疑的眼神注視，艾莉莎回神繃緊表情。然後她有點惱羞成怒地瞪向瑪利亞，在她繼續說下去之前迅速開始換裝。

在不發出聲音的狀況下，慎重又迅速地脫掉制服。然後解開蝴蝶結，脫掉襯衫，拿起新制服的瞬間……

『Let's go! Fly hiiiiigher!』

突然傳來激烈的咆哮聲，使得艾莉莎肩膀一顫，手上的制服失手落下。

「！」

◇

設為鬧鈴的熟悉動畫歌響起，政近瞬間彈起身體，反射性地將手伸向聲音來源。

「啊，唔喔，嗚……」

接著他順勢從沙發滑落，輕聲呻吟。此時……

「啊，呀，不可以！」

忽然傳來這聲尖叫，使得政近迅速轉向該處，然後看見了桃花源。

位於眼前的是只穿著襪子與內衣的美女姊妹。艾莉莎令人感覺渾圓又緊實的傲人胸部與臀部；相較之下細到不太可靠的小蠻腰。另一方面，瑪利亞的胴體充滿女人味，火辣到和那張娃娃臉完全不搭。誇稱身材完美到不像是十五歲的艾莉莎，誇稱身體曲線豐滿到不像是十六歲的瑪利亞。兩人的胴體幾乎毫不隱藏地映入眼簾。聊勝於無遮掩身體的內衣，看起來也只不過是點綴極美裸體的裝飾品。

「……？」

依然半夢半醒的政近，無法辨別這幅光景是夢境還是現實，就這麼呆呆張著嘴巴注視。彷彿是剛開機就被灌入大量資料而當機的電腦。

「慢著，別看這裡啦！」

「那……那個，你這樣盯著看終究有點……」

不過，臉頰泛紅的兩人這麼說完，政近的大腦終於重新開始運作。可惜處理速度還是趕不上，政近自己也搞不懂狀況，就這麼露出似笑非笑的表情豎起大拇指。

「沒關係！因為和泳裝沒差多少！」

像這樣從嘴裡輸出不算安慰的安慰話語之後，柳眉倒豎的艾莉莎一把抓起掛在椅子的襯衫，使盡全力扔過來。政近來不及閃躲，臉部受到輕微的衝擊，視野被封閉。

覆蓋在臉上的襯衫隱約傳來艾莉莎的體溫。女孩汗水與肌膚的氣味刺激鼻腔。各種事件重疊而稍微故障的政近大腦，在這時候輸出非常誠實的感想。

「啊，真香。」

接著，來自襯衫另一頭的不明衝擊襲擊臉部，政近的意識被強迫停止運作。

第7話 對不起這個有罪

「好，那就開始吧！」

放學後，校慶執行委員長依序看向聚集的眾人，宣布第一次會議開始。

成員是學生會幹部、前任會長與副會長、各班的兩名代表、各社團的社長，還有風紀委員會、美化委員會與保健委員會等各個委員長。風紀委員會負責校慶當天與準備期間的巡視，美化委員會負責學校整體的裝飾，保健委員會負責在當天照顧傷患與緊急病患。各委員會為了互助合作，由委員長參加會議。應該說因為各班都有自己的攤位，所以當天以校慶執行委員會身分行動的主要成員，就是這三個委員會與學生會。各班的執行委員是一人管理班上攤位、一人協助執行委員會。當天所有委員當然都有休息時間，所以即使成員這麼多，人力還是不太充足。

「今年校慶也是舉辦兩天。第一天只對內開放，第二天會正常對外開放邀請賓客。歷年到了第二天都會馬上有人放縱自我，所以請大家小心。」

或許該說不愧是前任學生會長，執行委員長相當順利推動會議進行，聚集的成員們也像是全盤信賴般聆聽說明。

「如果只是獎品在第二天變得豪華就算了，以前好像有咖啡廳的企劃案在第二天突然讓女生的裸露程度增加兩成……這部分請確實取締。」

「委員長！增加男生的裸露程度可以嗎？」

「唔～如果不傷眼就可以。」

「居然可以嗎？」

「是啊，像是統也這麼壯就可以。」

「我嗎？」

「嗯。各位看……這肌肉很棒吧？」

前任會長調侃現任會長的大欺小行為，令眾人哄堂大笑。政近等學生會幹部們看見統也乖乖當學弟的稀奇光景，也自然而然露出笑容……除了唯一一人。

「請等一下！統也的肌肉是我培育的，我不能答應讓大家欣賞！」

「呃，好喔，更科妳冷靜……」

「如果無論如何都要這麼做……請先打倒我再說！」

「不可能不可能不可能！」

「她好愛你耶～～統也。」

「請不要消遣我啦，副會……副委員長。」

感覺就像這樣，會議始終以和睦的氣氛進行。內容是執行委員簡單自我介紹、發布各種須知、決定各委員的職責。關於職責，學生會幹部是依照職稱自動決定，所以對於政近他們來說也和聆聽須知沒什麼兩樣。

「今年的入場券預定也和歷年一樣，監護人用的與招待用的各發兩張。各位有什麼意見嗎？」

「雖然不是現在才開始的事，不過這個時代還在用紙本入場券嗎……不改成電子票券之類的嗎？」

「沒有餘力準備這種東西！」

「哈哈，說得也是……不過這種東西感覺只要有心就能輕易複製……」

「應該沒有學生不惜做這種事也想招待許多朋友吧。招待券不夠的傢伙，好像會找沒用完的傢伙轉讓。」

「說得也是。」

政近自然而然聽著執行委員長的說明時，身旁的瑪利亞將入場券樣本傳給他。

「（來，久世學弟。）」

「（啊，謝謝。）」

政近輕聲道謝的時候觀察瑪利亞的臉，但她的表情一如往常，尤其關於午休的那件事，看起來完全不在意。而且……關於暑假的那件事也是。

（真的沒變耶。）

暑假在公園重逢之後，瑪利亞依照宣言維持以往的態度。雖然對於政近來說正如所願……不過完全沒變到這種程度，會懷疑那段表白是否是現實事件而略感不安。

「（嗯？怎麼了？）」

「（啊，沒事……）」

「（啊！難道說……）」

瑪利亞突然露出想起某件事的表情，將手放在嘴巴旁邊，臉蛋湊向政近耳際。

「（想起午休時間的那件事了？）」

「！」

「（真是的，好色。）」

帶著嬌羞的清脆笑聲輕拂耳際，政近的背脊發麻顫抖。

（咦？瑪夏小姐是小惡魔？是小惡魔瑪夏小姐嗎？）

腦中的迷你天使瑪夏小姐變成迷你惡魔瑪夏小姐，政近感到混亂。

「（今後疲累的時候就來依賴我吧？我會好好照顧你。）」

（咦？果然是天使？不對，這是引誘人類墮落的惡魔？啊！這就是披著天使皮的惡魔嗎？）

瑪利亞的耳際呢喃使得政近大腦甜美麻痺，思考這種愚蠢的事情。此時，另一邊的側腹被戳，政近驚覺回神。

轉頭一看，艾莉莎正斜眼瞪向這裡。瑪利亞對此露出微笑，身體靜靜離開政近。

（啊～～好久沒有這種冰柱插在身上的感覺了。）

冰冷的視線從側邊頻頻刺過來，政近稍微看向遠方。

艾莉莎的視線這麼冰冷，不知道是因為和瑪利亞距離太近，還是在記恨午休的那個事件。恐怕兩者皆是吧。

順帶一提，在那個事件之後，政近直到第五節課結束時才在保健室清醒。之所以在床上熟睡，是因為艾莉莎的不明攻擊？還是單純因為睡眠不足？這一點難以判斷。

（入場券啊……我的話別說用不完，根本不會用。監護人用的券也沒預定要用，招待券的話……今年一樣轉讓給毅或是別人吧。）

政近避免看向艾莉莎，有點逃避現實般思考這種事，將樣本傳給艾莉莎。此時神諭忽然降臨政近大腦。

（等一下？只要使用這個……不就能叫出那個傢伙了？）

這幾天煩惱的問題找到解決的線索，政近陷入自己的思緒。

「？」

看到搭檔突然一臉正經開始沉思，艾莉莎稍微歪過腦袋。不過政近一副心不在焉的樣子，沒察覺她的反應。在兩人這麼做的時候，會議即將進入尾聲。

「啊啊對了，按照往年慣例，來光會的大人物會在第二天下午光臨……統也與更科就努力接待吧。」

「好的。」

「啊，好的。」

「那麼差不多就這樣吧？最後有沒有人要發言……沒有嗎？那麼～在下次開會之前要繳交企劃書，還要想一個校慶的主題！就此散會！大家辛苦了！」

各人出聲回應這句宣言，第一次的會議結束。

（感覺比想像的還要和樂融融。）

老實說，艾莉莎猜想這場會議會更緊張一點，但她看著紛紛離開的各班代表與各社團社長，放鬆肩膀的力氣。

「嗨，久世學弟、周防學妹，好久不見。」

「啊，加……加地學長。好久不見……嗎？」

「呵呵，雖然偶爾會遇見，不過或許很久沒像這樣交談了。」

艾莉莎身旁的政近與有希，和一名看起來和藹的戴眼鏡男學生親切交談。看來不愧是以前的國中部學生會長與副會長，在這種場合有很多認識的人。

「啊，為學長介紹一下，這位是我的新搭檔君嶋。」

「啊啊，那我也……這位是我的新搭檔九条。」

「請您多多指教。」

「請多指教……」

「我是風紀委員長加地。我才要請兩位多多指教……雖然已經知道了，不過像這樣實際聽你們介紹就覺得不太自然。啊啊，不，並不是負面的意思。」

「哈哈哈，我想也是吧～」

風紀委員長的視線在瞬間投向艾莉莎，隨即將興趣移回政近與有希身上，再度以他們三人進行對話。艾莉莎的溝通能力不足以介入其中，只能默默看著這幅光景。

從會議開始之前就一直是這種感覺。艾莉莎只能看著政近和她不認識的人們親切交談。像這樣旁觀久了，隱含昏暗熱度的情感開始在艾莉莎內心燒灼捲動。

（啊……這個真討厭。）

在內心捲動的鬱悶心情，使得艾莉莎稍微板起臉。她也已經隱約察覺這份陌生情感是什麼。

這是獨占慾。希望對方別像這樣和他人和樂相處。希望對方重視我勝過任何人。

「我把你放在第一順位」，所以希望你也把我放在第一順位。

這是自以為是又任性的情感。艾莉莎自己也知道這個情感不合理。因為實際上，政近與艾莉莎只是普通的朋友。只不過是艾莉莎看得比較重，說到對於朋友的情感，肯定是政近比較正常吧……

（可是！再稍微特別對我好一點也沒關係吧？畢竟都約……約過會了，甚至也……也……也吻過你了！不只如此，明明剛才看了我只穿內衣的樣子！那樣已經得結婚了，結婚！）

即使內心這麼想，現狀還是被迫眼睜睜面對現實。自己對於政近來說只是眾多朋友之一。雖說是選戰搭檔，這份關係在政近的心目中，也不像艾莉莎心目中那麼特別。而且……對於大多數人來說，政近與有希的關係果然是特別的。

「！」

想到這裡，艾莉莎咬住下唇。至今向政近與有希搭話的人，都對於兩人沒搭檔參選感到疑惑。兩人就是這麼被認知為特別又理想的一對吧。如同昔日沙也加含淚放聲大喊那樣。

（我是……）

至今許多人聽到艾莉莎與政近搭檔，都會說：「為什麼是久世？」「他配不上九条同學吧？」這種話。然而，艾莉莎其實知道。而且位於這裡的人應該也知道吧。其實不是政近配不上艾莉莎。是艾莉莎配不上政近。

（我……是……）

無力感與焦躁感包覆艾莉莎全身。強烈不服輸的意志也同時在內心抬頭。

（決定了。）

不能就這麼下去。不能就這麼甘願成為被政近扛起的神轎。她的自尊不容許如此。

（我要讓你們認同……！）

讓在場的所有人認同，我才是最適合政近的搭檔。

就這樣，艾莉莎暗自立下一個新的誓言。

◇

「哎呀……」

兩天後，在教職員室辦完事情，回到學生會室的艾莉莎，在學生會室門前遇見一名女學生。

「妳是九条艾莉莎同學吧。記得這是第一次和妳說話？」

晃著蜂蜜色縱捲髮前來搭話的學姊，使得艾莉莎想起前天的會議。

「初次見面……記得您是……女子劍道社社長的……」

「哎呀，我真是的，居然忘記自我介紹……初次見面，我叫做桐生院董。」

「！」

艾莉莎聽過這個名字。數個月前聽政近親口說過……

「國中部時代的副會長參選人之一……？」

「哎呀，是從久世同學那裡得知的嗎？」

「是的。」

「那就可以長話短說了。是的，我確實曾經和周防同學與久世同學打過選戰。」

董輕撥縱捲髮，堂堂正正挺起胸口。艾莉莎稍微被這副模樣震懾，同時回想起政近的話語。

桐生院搭檔。董與雄翔，相差一歲的堂姊弟組成的獨特搭檔。雄翔是桐生院集團總裁的兒子，董是副會長的女兒，大概因為這個影響，所以會長參選人是雄翔，至於董雖然大一屆，依然和他搭檔參加選戰。而且這兩人當時是誇稱在校內最受女性歡迎的參選搭檔。不過……

「正確來說，我聽到的是兩位在討論會敗給谷山同學而退出選戰。」

「嗯，總之，妳說的沒錯。正因如此，所以我對於在討論會打敗那位谷山小姐的妳非常感興趣。」

堇露出淺淺的笑容，像是估價般注視艾莉莎。艾莉莎也大方看向她的雙眼。

就這麼經過數秒後，堇慢慢輕聲一笑，靜靜移開視線。

「不過，畢竟我們彼此都很忙，今天就先處理工作吧。」

堇說完揮動手上的企劃書示意，輕敲學生會室的門入內。

「打擾了。」

接著，湊巧獨自留在室內的政近抬起頭，露出「咦」的表情。

「這不是拜奧蕾特學姊嗎？」

「是堇！」

間不容髮的犀利否定。和剛才從容態度截然不同的這個對應，使得艾莉莎眨了眨眼睛。

「受不了，你這個人真是……見到我的第一句話居然是這個……？」

然後，艾莉莎從氣沖沖吐氣輕聲抱怨的堇身旁經過，向政近打耳語。

「（那個，拜奧蕾特是……？）」

「嗯？啊啊，那個人的本名是拜奧蕾特。寫成『菫』唸成『拜奧蕾特』。」

「這還真是……」

真是驚人的名字。聽政近說她和艾莉莎一樣在國外待過，父母其中一人是外國人，不過這名字還真是不得了。艾莉莎也這麼認為。不過……

「（拿對方不喜歡的名字來調侃，我覺得這樣不太好。）」

「啊啊～～這個嘛……」

聽完艾莉莎的悄悄話，政近露出微妙表情，以視線朝菫那裡示意。艾莉莎循著視線看向菫……

「叫得這麼親暱……不就像是很好的朋友嗎……」

該處是一邊出言抱怨，一邊卻令人覺得嬌羞不已的菫學姊。這個出乎意料的反應使得艾莉莎稍微張嘴錯愕。

「她自己其實很喜歡這個名字。」

「原來如此……」

「嗯，所以艾莉妳也不用在意，用這個名字叫她吧？她會很開心。」

「並沒有開心！」

堇斷然否定，然後露出嚴肅表情輕撥縱捲髮。

「聽好嘍？只有我真正信賴的對象，才能用這個名字叫我。這可不是隨便就能叫的名字！」

「這樣啊，恕我剛才失禮了，拜奧學姊。」

「不可以用這種像是進化前的名字叫我！」

「『拜奧』進化之後就成為『拜奧蕾特』嗎……」

堇以有點獨特的方式抗議，同時狠狠瞪向政近，不過缺了一點魄力。

「受不了，你在這方面真的一點都沒變……」

看見政近完全不為所動，堇死心嘆氣，把企劃書放在政近面前。

「這是女子劍道社的企劃。」

「這就謝了……慢著，這是……」

政近看起來說不出話，艾莉莎也將視線落在企劃書上。

「戲劇……？哇……」

劍道社提出這種企劃有點稀奇，使得艾莉莎揚起眉毛。但是她看完詳細內容之後，和政近一樣說不出話。

戲劇本身是一般所說的「劍劇」。好像是由女扮男裝的女子劍道社社員在舞台上華麗揮砍。這部分不成問題。雖然應該顧慮到安全層面之類的各種細節，總之不成問題。問題在於……

「我們女子劍道社也有很多風紀委員，所以這是量身打造的企劃對吧？」

「哎……確實。」

堇充滿自信挺胸。寫在上面的內容，是社員以風紀委員身分巡邏的時候就這麼穿著舞台服裝，順便宣傳自己的戲劇企劃。

「……感覺會是很驚人的光景。」

「嗯……總之，當天角色扮演的人應該也很多，所以真要說的話也不是什麼新奇的創意……總之這份企劃書我收下了，下次開會再決定是否採用。」

「好的，麻煩你了。那麼，我先告辭了。」

堇在門前優雅行禮，視線向艾莉莎一瞥，然後離開學生會室。政近目送她的背影，輕聲嘆口氣。

「真是的……連續收到這麼有個性的企劃……」

「連續？發生了什麼事？」

「啊啊，這個企劃也必須徵詢妳的意見……」

政近說著遞出一份企劃書，艾莉莎看完之後皺起眉頭。

「……？猜謎對決？」

這份是猜謎研究社的企劃書，內容居然是要利用操場的舞台，舉辦艾莉莎與有希的猜謎對決。

「猜謎研究社的社長說，這是傳統美好的猜謎節目加上選戰要素的劃時代企劃……的樣子。不過我也不知道詳細內容。」

「為什麼？這種不清不楚的企劃書不會通過吧？」

「不，關於這個……說出詳細內容的話好像會洩密。為了封鎖事前的對策，詳細內容只對會長、執行委員長與副委員長說明。」

「……所以，會長怎麼說？」

「他說總之在企劃面沒問題，他個人也覺得挺有趣的。」

政近說完聳肩，然後仰望艾莉莎。

「但是無論如何，要是企劃的當事人不答應就到此為止。艾莉，妳想怎麼做？」

「我完全沒問題。」

艾莉莎立刻回答，使得政近吃驚般睜大雙眼。

「……可以嗎？以這種過於不合常規的形式決定妳們兩人的優劣，我個人不太樂見就是了……」

「哎呀，你認為我會輸？」

「不，並不是這樣……」

政近稍微結巴，看向下方整埋思緒，然後慢慢說明。

「……至今在選戰也發生過這種事。支持特定候選人的個人或團體，為了陷害對立的候選人而安排某些比賽。」

比方說，足球社在體育課的時候一直做出粗暴的小動作，害得對方在班上同學面前出糗；花道社假借體驗花道的名義讓初學者插花，然後擺在顯眼的位置讓眾人恥笑。

「齷齪……」

「不，我只是舉出特別露骨又惡質的例子。不過……這次的企劃也無從保證不是這種小手段吧？」

政近說完輕輕揮動猜謎研究社的企劃書。

「或許猜謎研究社支持有希，會事先將題目的答案洩漏給有希也不一定。」

「不會吧……」

「這不是不可能的事。或者說，這是其他參選人為了把妳與有希一起踢落谷底而設計的企劃，真的舉辦之後才發現題目都超難，演變成互揭瘡疤的場面。」

「……」

聽完政近的推測，艾莉莎思索片刻……考慮這些可能性之後消化檢討。

「不過，確認過詳細內容的會長判斷沒問題吧？」

「哎，是沒錯啦……」

「那就沒問題。假設背地裡有什麼意圖，也只要連同這些意圖一起打垮就好。」

艾莉莎比以往強勢的這個態度，使得政近眨了眨眼。對於政近來說或許覺得奇妙，不過對於艾莉莎來說，這個企劃是難得的機會。

無論是何種形式，這是艾莉莎求之不得，和有希直接對決的戰場。而且是在許多學生的見證之下，在名為「校慶」的這個舞台對決。

（如果能在這場對決不靠政近同學的協助獲勝……大家肯定會認同我。）

即使沒被認同，也肯定會確實成為自信。只要有自信就沒問題。這麼一來——

（我就可以光明正大抬頭挺胸，站在政近同學的身邊。）

艾莉莎胸懷誓言讓鬥志沸騰。這副模樣令政近稍微下垂眉角，低頭檢視企劃書。

◇

「所以，妳在打什麼鬼主意？」

「劈頭就說得這麼不客氣耶，葛哥。」

政近回家之後，詢問理所當然般在客廳休息的妹妹，有希隨即露出苦笑注視他。

「我個人反倒懷疑哥哥才在打什麼鬼主意耶～～？」

「……」

雖然默默定睛相視，但即使是摸透彼此心思的這對兄妹，要是對方真的掛著撲克臉還是很難看穿內心真意。最後，有希輕嘆一口氣，摸索書包取出某個東西。

「知道了知道了，我也不會你要求無條件告訴我。」

有希說完「啪」一聲放在桌上的東西是USB隨身碟。

「……這個是？」

「這個嗎？呵，我把它叫做X檔案……」

「雖然不知道是什麼，不過這種玩意現在就給我銷毀吧。」

「銷毀……？可以嗎？儲存在裡面的檔案不是別的，是有關於艾莉同學的重要資料耶？」

有希睜大單眼，嘴巴拉開成為弦月形，露出非常像是反派的笑容。對此，政近冷靜回答：

「反正應該是泳裝照吧。」

「你為什麼知道？」

「居然猜中了嗎？反正是那樣吧！『雖然承諾照片只交給本人，卻沒說圖檔不交給其他人』，妳應該是這麼說的吧！」

「唔，真強大的洞察力……我認輸。這個ＵＳＢ隨身碟是你的了。」

「免了免了。」

「什麼？光是這個還不夠？呵，你這貪婪的傢伙……不得已了，也加碼給你瑪夏學姊的分吧。」

「不准擅自加碼。妳是聽到主角說『咦咦？』之後回應『果然太便宜了嗎……』的商人嗎？」

「這句吐槽太長了。不，我可以理解就是了。」

有希回應之後，再度露出像是反派的笑容。

「所以，你要怎麼做？如果說實話，我就把這兩個ＵＳＢ給你吧。」

「說正經的，不准把這種檔案存在ＵＳＢ隨身攜帶。」

「放心吧，考慮到有什麼萬一，我有用密碼鎖定。提示是我的生日。」

「妳重新定義提示了。」

「來吧來吧，只要稍微從實招來就好喔。只要稍微從實招來，你就可以得到那兩人

活跳跳白泡泡幼綿綿的泳裝照耶？」
「形容詞有夠過氣。」
「那改成水嫩嫩嬌滴滴沉甸甸。」
「太有畫面了！」
「硬梆梆了？」
「並沒有！」
有希正經打量哥哥的下半身，政近立刻大聲回擊。然後他嘆口氣，把兩個ＵＳＢ滑向有希。
「話說啊，艾莉就算了，瑪夏小姐已經名花有主，不准把她的泳裝圖也拿來當成交易籌碼。」
「名花有主是吧……」
政近的話語，使得有希發出耐人尋味的聲音。
「……怎麼了？」
「沒有啦……瑪夏學姊她真的有男朋友嗎？」
雖然心臟瞬間緊張了一下，但政近隱約猜到她會這麼說，因此面不改色地揚起單邊眉毛。

「嗯？為什麼？」

「沒有啦，因為我的人際關係很廣？所以也和瑪夏學姊的不少朋友聊過……但是沒人看過瑪夏學姊的男友長什麼樣子喔。不但沒見過本人，連照片都沒看過。」

「是喔……」

「聽說是俄羅斯人，但好像也只是因為名字聽起來很像？總覺得不清不楚……所以我懷疑男友是否真實存在。」

「原來如此？總之，也可能是為了迴避追求才說有男友。不過無論如何，反正和我們沒關係……話說，假設瑪夏小姐沒男友，正常來說也不能把她的泳裝照給我吧？不，艾莉的也不行！」

「嘖，沒被我糊弄嗎……」

有希不情不願般把USB收回口袋，政近裝模作樣嘆了口氣給她看。

「……哎，算了。假設妳在打什麼鬼主意，我只要看穿並且將計就計就好。」

「這是我要說的……那麼，總之我可以認定哥哥沒在這個企劃動手腳吧？」

「是啊。不過要不要相信就看妳自己。」

「是喔……哎，有件事先說在前面，這次我也沒要玩什麼小伎倆哦？先不提學力測驗，猜謎的話我覺得不會輸給艾莉同學，我會正常參戰，正常獲勝。」

「希望這是妳的真心話……因為艾莉好像也理所當然想正面戰勝妳。」

政近回想起搭檔比以往還要摩拳擦掌的模樣，稍微聳肩。

「嗯？怎麼啦，my brother？」

「沒事……」

政近稍微含糊其詞，卻重新認定用不著隱瞞，稍微說出內心的煩惱。

「雖然不知道原因，不過總覺得艾莉最近在著急什麼……我覺得她可以稍微別那麼爭強好勝。」

慫恿她培養領袖氣質的確實是政近。但是最近的艾莉莎好像因而變得不甘落後，總覺得隨時都繃緊神經。而且……不知為何也有點距離感。

（怎麼回事，感覺像是被她劃清界線……）

即使感到納悶，政近嘴裡還是補充說「畢竟那傢伙個性很正經」搔了搔腦袋。有希定睛注視他，慢慢撫摸下巴。

「阿哥……這應該是那個吧？所謂的『擁有者的傲慢』。」

「啊？什麼東西？」

突然聽到這句莫名其妙的指摘，政近自然皺起眉頭。對此，有希忽然放鬆表情，稍微看向遠方，以溫柔語氣開口：

「哥哥……瑪夏學姊在浴室洗澡的時候，會把奶子往上提耶？」

「啥？」

又說起這種奇怪的話題，政近錯愕把嘴巴張開一半。但是有希看起來沒特別在意，露出略帶哀愁的表情說下去：

「她說因為奶子很大，所以下緣會壓在胸口……奶子根部的那條線會悶熱冒汗。」

有希感傷地說到這裡……突然大幅吊起眉角，朝桌面用力一拍，然後像是在忍受什麼般，就這麼低著頭竭力大喊：

「沒———那種事啦！奶子壓在胸口？咦，那是怎樣是什麼玩笑話嗎？我應該回答『那我想壓所以請讓我成為大奶』就好嗎？布丁放在盤子上也沒辦法留下影子啦！不過大福應該就可以吧！」

有希全力大聲說到這裡，忽然露出充滿成就感的表情抬頭。

「就像這樣，擁有者會下意識地傷害沒擁有者，將其逼入絕境……」

「剛才那段說明真的需要嗎？應該說，妳最近是不是常開黃腔？」

「開黃腔也沒關係吧，畢竟是青春期。」

「不准弄髒名言。還有，妳的那裡與其說是布丁，應該頂多只是果凍吧？」

「你說誰是只在中元節看過明明很薄卻特別貴的果凍？」

「有希大人，在下也很喜歡果凍。」

「吵死了，布丁給我閉嘴。小心我揉妳喔。」

「嗯？……請自便。」

「唔晌～～」

有希立刻撲向綾乃胸口，以雙手與臉享受觸感。政近看著這幅百合朵朵開的光景心想。

（綾乃，原來妳在啊。）

雖然玄關有鞋子，但是直到此時此刻都沒注意到她的存在。政近暗自對於隱形性能愈來愈進步的隨從感到戰慄時，將臉埋在她胸前的有希視線瞥了過來。

「哎，所以……哥哥也可能不知不覺把艾莉同學逼入絕境哦？」

「啊……？」

聽到有希這麼說，政近含糊回應，稍微思考。

（我把艾莉逼入絕境……？樂團的事造成她的負擔？不對，不是在說這個吧。）

應該不是這件事，而是政近在某方面害得艾莉莎焦急吧。但是即使這麼想，內心還是沒有頭緒。說起來，政近想不到什麼是艾莉莎沒有，他卻擁有的東西。

（總之，天分好到不必要的程度就是了……然後是溝通能力？不過有希在這方面和我一樣……在校內充分發揮溝通能力的反倒不是我，而是有希吧？）

如果是敵對參選人有希令她焦急還能理解，但政近不太懂為什麼是自己害她焦急。有希與綾乃回去之後，政近也繼續慢慢思考，卻沒得出答案。

「嗯？」

政近準備洗澡，不經意將手伸進短褲口袋。他察覺裡面有東西，拿出來一看──

「那傢伙……」

察覺是疑似儲存艾莉莎泳裝照片的ＵＳＢ隨身碟，政近徹底板起臉。

「不是叫她拿回去嗎……」

是她不知何時放進口袋的嗎……政近如此心想，但是想得到的下手機會太多只好放棄。政近嘆口氣之後，拿著隨身碟前往自己房間，放在自己桌上。

「真是的……慢著，我為什麼自然而然打開電腦了？」

簡直像是理所當然般坐在椅子上啟動筆電，政近正色吐槽這樣的自己。不過他的手還是沒停。

「喂喂喂，真的假的？為什麼我的手自然而然就要把隨身碟插進去？」

順手就要把ＵＳＢ隨身碟插進插槽的右手，政近以左手抓住。然而慣用手的力氣比較大是自明之理。隨身碟慢慢，慢慢地接近插槽。

（慢著！冷靜下來！裡面裝的是艾莉說不想給別人看的照片啊！擅自看的話是身為人類最差勁的行為吧！）

此時，政近內心的理性發出聲音，朝左手注入力量。

「唔，咕咕咕！」

政近咬緊牙關，試著將拿著隨身碟的手推回去。此時輪到政近的慾望出聲。

（不，說起來，拍攝裡面儲存的照片時，我也在附近。我把當時可能目擊的光景放到現在再看，這有什麼問題嗎？）

這個慾望的聲音，使得左手稍微放鬆力氣。

（就算這樣！既然當事人說不想被別人看，那就應該尊重她的意願吧！）

（那不是對會長說的嗎？未必是不想被我看吧？說起來，不久之前連只穿內衣的模樣都看過了，事到如今還要在意嗎？）

（不對不對。）

（不對不對不對。）

政近的慾望與理性激烈交戰，最後終於找到一個妥協點。

（（總之，先把隨身碟插進去再思考吧。））

有希說裡面的東西用密碼上鎖了。即使插進去也不會立刻看得見泳裝照。既然這樣總之先插進去再思考吧畢竟手也差不多開始累了……就是這麼回事。

就這樣，政近先把隨身碟插進去。然後——

「什麼？」

當電腦偵測到USB隨身碟的瞬間，沒有開啟原本預料的密碼輸入視窗，而是立刻顯示內容物。資料夾裡整齊排列許多圖檔。由於事情過於突然，政近沒能從螢幕移開視線——

「……啊啊？」

政近發出疑惑的聲音。因為整齊排列的這些圖檔都是純白一片。

「這是什麼？檔案毀損了嗎？」

直到剛才的糾結也消失得一乾二淨，政近懷著純粹的疑問捲動資料夾的列表，然後在許多純白圖檔的最後面發現一個文字檔。檔名是「給敗給慾望的臭雜碎哥哥♡」。

「……」

政近默默開啟這個文字檔。隨即看到裡面寫的是……

『這些檔案是皮膚過於白皙所以過曝的艾莉同學照片。』

「別鬧了，豬頭！」

政近強烈吐槽，啪一聲闔上筆電，然後粗魯走向床，全身從頭部往枕頭撲下去。

「啊啊啊啊啊～～～！」

完全被戲弄的屈辱感，以及糾結那麼久還是差點敗給慾望的罪惡感。兩種情感混合在一起，使得政近劇烈扭動身體。

後來花了約四十分鐘，好不容易終於成功冷卻頭腦……不過在這個時候，燒好的洗澡水也已經冷卻了。

第8話 所以說男人臉紅（以下略）

「～～♪」

經過在教室的討論，也決定了校慶演唱會的歌單，樂團開始正式練習。今天也借了音樂室，五人一起合奏。

（不愧是艾莉，已經完成到這個程度了嗎？）

政近聽著五人的演奏，重新佩服艾莉莎的勤奮努力。

曲子明明是短短三天前決定的。艾莉莎明明三天前還不知道這首曲子。不知道她到底仔細聽了多少次，唱了多少次。艾莉莎的歌聲幾乎沒走音，甚至達到加入情感調整唱腔的水準。有著透明感的美麗歌聲偶爾令人感受到魄力。艾莉莎唱的歌令政近稍微被震懾。然而在另一方面……

「啊，抱歉！我失誤了！」

也有成員跟不上艾莉莎的完成度。毅連續在相同地方失誤，演奏因而中斷。

「真的很抱歉……剛才那裡可以再一次嗎？」

「那麼從『至今～～』的部分開始吧。」
在沙也加的提案之下，再度開始演奏。但是……
「啊，可惡！真的很抱歉！」
毅再度失誤，演奏停止了。
這也單純是因為毅練習不夠。不過考慮到毅本身是第一次練這首曲子，責備這一點會很過分吧。何況原因不只如此。
和還不太熟識的成員一起演奏，加上艾莉莎與乃乃亞即使在校內也是頂級美少女，沙也加則是在某方面來說難以給人良好的第一印象。光是這幾點就足以令人卻步，不只如此……
（啊啊～～艾莉不耐煩了……）
站在樂團前方的艾莉莎釋放著無言的壓力。並不是無法理解艾莉莎的心情。樂團新手的艾莉莎明明練到這麼完美，有樂團經驗又處於找救兵立場的毅卻是這種表現。即使不是完美主義者艾莉莎也難免不耐煩吧。
（可是這麼一來，毅會愈來愈畏縮……哎，光是沒說出口就算好吧。沒辦法。）
這時候我就以經紀人身分幫忙安撫吧。就在政近這麼心想的時候……
「丸山同學，一點小失誤就不要在意，先完整演奏一遍比較好吧？畢竟這次是第一次合奏。今天只要掌握自己哪裡容易失誤就好，抱持這種輕鬆的心情練習吧。」

艾莉莎說出令人意外的話語，政近睜大雙眼。毅也頓時像是聽不懂她在說什麼般眨了眨眼，連忙大聲回應。

「謝……謝謝。哎呀，真的很不好意思。我應該多加練習再來的。」

「這樣啊，那麼在下次之前要練到完美哦？」

「唔，嗯，我會努力……」

「我開玩笑的。」

艾莉莎說完輕聲一笑。這張笑容使得毅瞬間像是恍神般張嘴，然後拍打自己的臉頰注入幹勁。

「好！拜託大家從頭再來一次！」

「……那麼，就從頭來過吧。」

此時沙也加向光瑠使眼神，光瑠以固定節奏敲響鼓棒。

然後再度開始演奏。雖然還是出現小小的失誤，不過看得出毅……以及光瑠不自然緊繃的肩膀都放鬆了。毅數度失誤的部分也在這次輕鬆過關，就這麼演奏到最後。曲子以艾莉莎的長音與毅的吉他留下最後餘韻結束之後，政近的掌聲在寂靜中響起。

「喔～～不錯耶，身體忍不住跟著動了。」

政近發自真心稱讚，接著艾莉莎也浮現笑容。
「是的……雖然應該還有各種改善的餘地，不過剛才的表演很痛快。」
這段話使得毅與光瑠也同時露出笑臉。
「喔喔！剛才的表演我也很痛快！話說果然是我的失誤最多！真的很抱歉！」
「哈哈，我也沒資格說別人……話說谷山同學與宮前同學很穩耶？比輕音社的我們高明太多了。」
「總之，是因為我以前彈過這首曲子……」
「啊～～坦白說，這首曲子的鍵盤不是很難，而且沒獨奏。」
把彼此的演奏聊過一遍之後，毅看向艾莉莎。
「哎呀～～不過九条同學真的好厲害。歌唱得超好！對不起我吉他彈這麼爛！」
「……總之，我沒負責樂器，所以不知道丸山同學你們吃的苦……就算這樣，我還是隱約知道應該很辛苦，所以別太在意吧？」
艾莉莎這段話，使得毅完全放鬆下來，露出害羞表情搔了搔腦袋，然後以更加把勁的樣子繼續練習。
政近一邊看著這幅光景，一邊深感佩服。
（艾莉……妳真了不起。原來不需要我出面安撫。）

沒想到艾莉莎不只是主動安撫毅，還開玩笑緩和場中氣氛。她的心境到底出現什麼樣的變化？從以前非常不擅長團隊合作的艾莉莎來看根本無法想像。

（也就是經過學生會活動……艾莉也已經成長了吧。）

依照政近的盤算，他想在校慶執行委員會的工作正式開始之前，透過這個樂團活動讓艾莉莎習慣團隊合作。而且可以的話也培養出某種程度的領袖氣質……不過這是令他開心的失算。

（以這個狀況來看，她在校慶執行委員會應該也能好好勝任。）

毅完全回復為平常的步調興高采烈撥響吉他，光瑠掛著苦笑要他冷靜下來。乃乃亞的心情感覺比平常稍微高漲，沙也加似乎悄悄融入大家。艾莉莎則是以柔和表情愉快高聲歌唱。

這幅光景比政近想像的更像樂團。只不過，令他稍微在意的是……

（艾莉……總覺得妳對待毅的態度，是不是比對待我還溫柔？）

就是這件事。

（咦～～？奇怪了？感覺她的表情比起和我在一起的時候還要柔和耶～～？）

這恐怕不是自己多心。不過既然這樣，為什麼她和政近在一起的時候會露出嚴肅的表情？想到這裡……

（……嗯，是我害的吧。）

政近回顧自己的言行，察覺只可能是這個原因，用力縮起嘴唇。

（再稍微……對艾莉好一點吧。）

政近守護著五人的演奏暗自反省。

◇

「試喝？」

「嗯，可以拜託你嗎？」

隔週的放學後。政近在進行校慶執行委員的工作時，抽空來看自己班上的狀況。兼任執行委員的班長在這時候委託他試喝校慶要賣的飲料。

政近班上有很多學生因為學生會或是社團攤位而不太能參加，經過討論的結果決定推出不太需要花費心力的攤位。

攤位名稱是「異世界茶館」。想出這個點子的算是政近。是之前和沙也加去主題咖啡廳而得到構想的企劃。概念是由班上同學打扮成異世界奇幻風格，販售藥水或是聖靈藥這種異世界奇幻作品的招牌飲料。只不過販售的始終是看起來很像的飲料。

沒有耗時費工的食物，飲料也只以數種市售的飲料組合而成。在這所學校，即使是校慶的飲料，正常來說也會端出正統的紅茶或咖啡，不過這種飲料只要事先調配並且大量準備，之後再倒入紙杯所以很簡單。角色扮演的服裝也是，只要在制服外面披上魔法師風格的長袍再戴上三角帽，主張「魔法學園的學生在調合魔法藥」就大致ＯＫ。想打扮得更正式一點的人就自行發揮。總之今天就是以這種感覺在研發最重要的飲料……

「大家已經喝了一肚子水……就算想說只做少量，只要多混合幾種，分量自然就會增加了。」

「哎，我想也是……」

排列在桌上的紙杯數量，已經多到只覺得像是惡搞了。

（不，像是那杯就完全在惡搞吧？）

看著外觀像是爛泥又浮著不明紅色顆粒的玩意，政近嘴角抽動。要創作是個人的自由，但他希望製作者要好好負起責任消耗掉。

「……話說，不是說好只用飲料來搭配組合嗎？但這明顯混入好幾種異物……」

「啊，啊啊～那個啊。沒有啦，想說只有飲料的話會缺乏創意，所以也稍微用了一些調味料？」

「……比方說？」

「那個……苦椒醬或是哈里薩辣醬之類的？」
班長看向一旁含糊回應。周圍的同學們也似乎稍微冒出罪惡感般一起移開視線。
「……總之，我覺得只要在預算範圍內就沒關係。」
正今說著尋找看起來比較無礙的飲料，拿起一個紙杯。
「那麼，我就稍微試喝這杯吧。」
雖然是灰褐色有點詭異，但是沒有固體物質漂浮，也沒有特別奇怪的氣味，所以應該不會是毀滅性的味道吧。政近如此心想。
「啊……」
不過班長像是不小心般發出的聲音，使得政近抬起頭。其他同學們隨即也一樣露出「啊……」的表情，把嘴巴張開一半。
「……什麼事？」
「不，沒事……」
「那麼……」
「啊……」
「慢著，所以是怎樣？」
正要喝的時候，班長又露出「啊，那杯是……」般的表情，政近皺起眉頭。但是依然沒有任何人說些什麼。政近再度定睛觀察手上的液體，然後只含一口在嘴裡。

（唔，嗯……？這……這是什麼？）

基底好像是蔬菜汁……卻隱約感覺到茶葉的風味，也好像有種可可的氣味。感覺裡面還摻入各種東西，卻喝不太出詳細配方。接著，在遠方隱約主張自身存在的氣泡，營造出難以言喻的煩躁感。

（不算是太難喝……要說像是藥水感覺也很像？）

政近再喝一口，依然露出微妙表情歪過腦袋。雖然說客套話也稱不上好喝，卻也沒有難喝到「唔哇好難喝！」的程度。是最不知道該怎麼反應的種類。

（哎，總之喝完吧。）

政近覺得都喝過了還喝剩不太對，將剩下的飲料一飲而盡。微妙難喝的滋味在口腔擴散，他板著臉在紙杯倒了少許烏龍茶喝下去換口味。

「總之，雖然不是超級難喝……但也絕對不好喝吧。」

「這……這樣啊……」

「順便問一下，這裡面加了什麼？」

「這是……商業機密？」

「我也在這一班，完全是相關人士吧？」

但是班長依然移開視線。其他同學們也一齊迅速避開。

「不，說真的加了什麼啊……」

到了這個地步，政近也終究感到不安。此時，班長略顯顧慮般觀察政近，並且戰戰兢兢開口。

「欸，久世同學……身體沒事嗎？」

「這是什麼意思？」

「啊，沒什麼。沒事的話就好。沒事的話……」

「等一下，說真的加了什麼？這樣很恐怖耶？」

「沒事，你放心。沒加入有害的東西……吧？」

「這時候拜託說得斬釘截鐵好嗎？」

「不過如果發生什麼狀況……最好早點去醫院喔。」

「這時候我希望別說得斬釘截鐵！」

「只要兩小時以內沒出現任何症狀……八成就沒問題。」

「什麼症狀？」

後來追問了好一陣子，卻問不出更多詳情……最後政近在一味被煽動不安心情的狀況下走出教室。回到學生會室工作三十分鐘後，政近身體出現了他所擔憂的異狀。

（總覺得一整個慾火焚身！）

……不過異狀的內容過於出乎預料。

（咦？啊？這是什麼……不對，這種的基本上應該是由女生來吧？平常冷淡的女生被陌生情慾挑動的模樣才賞心悅目……男生發情是能爽到誰啊？）

即使在腦中盛大吐槽，狀況還是沒變。是的，現在更是……因為一個不小心，所以胯下可能變成非常不妙的狀況！

（可惡，說真的這是怎樣……！那些傢伙該不會胡鬧加入壯陽飲料吧……！）

政近處理文書工作的同時，腦中不斷向班上同學抱怨。不，這當然是他自願喝的，政近很清楚這一點。

「政近大人，方便借點時間嗎？」

「唔，啊啊，什麼事？」

政近勉強低頭將所有注意力集中在手上的文件時，有人從旁邊搭話，所以不得已抬頭一看，位於身旁的是看起來迷人程度增加三成的綾乃臉蛋。

（嗚！我的罪惡感……！）

胃部被用力捏住的這種感覺，使得政近偷偷咬緊牙關。差點對這名純真又善良的兒時玩伴懷抱一絲齷齪的慾望，政近憎恨這樣的自己。即使如此還是不小心就會看向她的胸部或臀部，所以政近全力將視線固定在她臉上以免鑄下大錯。只是這麼一來，一回神就發現自己在注視她淡粉色的嘴唇，胃部因為罪惡感而發出軋轢聲。

「就是這麼回事——」

「啊，啊啊，不夠的話有一個辦法，可以向國中部借用啊？」

「可是要搬運過來會很辛苦吧？」

「這方面只要拜託工友先生，他應該可以開小貨車幫忙。但因為不好意思請他多開幾趟，而且小貨車上堆放的東西多一點好像會比較穩，所以請他載的話也要等到所有器材找齊再說。」

「哎呀，這是真的嗎～～？」

瑪利亞從另一個方向搭話，政近瞬間咬住嘴唇。

「……是的，我在國中部的時候，曾經反過來借用高中部的備品。」

「哎呀這樣啊～～意思是在搬運攤位器材的時候也可以拜託工友先生嗎？」

「這個嘛……我不確定。應該要洽詢看看吧？」

政近在討論正經話題的時候，也有一半的注意力被囚禁在別的地方。

（嗚咕，瑪夏小姐……換穿新版夏季制服之後，視覺更加震撼……！）

即使想將視線固定在她臉上，增幅的雄性本能依然試著將視線強迫聚焦在視野一角

的「那個部位」。

之前穿西裝外套與吊帶裙的時候，也從衣服底下發揮強大無比的存在感……少了這些遮蔽物的現在，更能清楚看出真實的大小。

「哇～～！有經驗的人在場果然很可靠耶！」

瑪利亞露出純真的笑容，合起雙手發出清脆聲音。那對大姊姊被她的雙臂夾住，像是隨時會把釦子撐到彈開。

（喔咕！）

感覺血液真的開始集中在下半身，政近連忙轉身朝向背後的沙發座位。

「艾，艾莉……有什麼在意的事情嗎？」

「嗯？在意什麼？」

艾莉莎從桌上的會計文件抬起頭，疑惑般轉頭看過來。

（啊，不行。她單純是臉蛋太漂亮了。）

一看見她那脫俗的美貌，某種火熱的衝動驟然從心底湧現，政近只能移開視線。

「不，沒事的話就好……」

「是嗎？」

（咕，可惡！為什麼這個學生會的女生顏值這麼高啊！）

會長與副會長離席，所以現在前後左右都是美少女。雖然對於男生來說是夢想般的狀況，但是對於快要大振雄風的政近來說只是惡夢。

（如今安全的只剩有希了……！）

「嗯？政近同學？為什麼在瞪我？」

政近用力看向坐在正對面的有希，有希隨即自然露出為難表情。哥哥突然以像是困獸之鬥的眼神看過來，她當然會這麼反應吧。

（啊，嗯。太好了。心平氣和耶～～）

要是連妹妹都能刺激慾望，就只能選擇一死了……雖然政近這麼想，但幸好完全沒這種事。有希只論顏值的話甚至不輸給艾莉莎或瑪利亞，但政近絲毫感受不到魅力所以完全不成問題。反倒還覺得看見親人的神祕安心感讓慾望平靜下來。

（好，沒問題……基本上只看文件，危險的時候就看有希，這樣應該撐得住。）

不明飲料造成的這個修羅場，政近找出克服之道而鬆一口氣，卻沒能安心多久。

「綾乃，我想找一下以前的資料，可以陪我嗎？」

「遵命。」

救命繩居然輕易被拉走了。

（咦咦～～！）

在政近錯愕的時候，有希與綾乃離開了。留在室內的是政近與九条姊妹。學生會室加上這三人，這麼一來腦中不由自主就浮現「那個事件」。

（唔！糟糕……！）

當時目擊的桃花源在腦海復甦，政近被強烈的危機感襲擊。總之他急忙站起來想暫時離開這裡。

「啊……我去買個飲料。」

政近說出情急之下想到的藉口，不過後方傳來出乎預料的話語。

「既然這樣，我順便去買吧。因為剛才恰巧發現有文件沒附上收據。」

「咦，啊……」

「麥茶可以嗎？」

「啊，嗯。」

政近不禁點頭，然後心想不妙。

「我還是一起……」

「不用啦，我又不是小孩子。」

政近要求至少陪艾莉莎一起去，但她冷淡拒絕之後快步離開。政近伸到一半的手撲了個空。

「咦～～……」

回過神來發現室內只有自己與瑪利亞兩人。雖然感覺狀況比剛才好一點，卻也覺得兩人獨處就某方面來說可能有些問題。

「總覺得艾莉最近幹勁十足耶～～」

反觀瑪利亞一副悠哉，和政近內心完全相反。她看著艾莉莎走出去的門，單手按著臉頰歪過腦袋。

「啊啊，說得也是……感覺她在樂團那邊也非常努力。比以往還要起勁。」

實際上，艾莉莎也好幾次像現在這樣拒絕助力。不過以政近的角度，也有點擔心她是否有點過於爭強好勝。

「是嗎？啊啊，不過艾莉在家裡也努力練習唱歌耶～～」

無視於政近的這份擔憂，瑪利亞頻頻點頭。完全失去外出藉口的政近，重新一屁股在椅子上坐穩。看見他異常緊繃的臉，瑪利亞稍微下垂眉角。

「久世學弟……難道你身體從剛才就有哪裡不舒服嗎？」

「沒有啊？沒這種事啊？」

「為什麼不看我這裡？」

因為不能看。要是現在看妳的臉，我會想起那段該死的記憶。

政近當然不可能老實這麼說，就這麼低頭看著手邊裝傻。瑪利亞以雙手使勁捧住他的臉頰。

「真是的，阿薩！看我這裡！」

然後政近被強迫面向瑪利亞。正面直視的瑪利亞臉上，洋溢著純粹的擔心以及由此點燃的怒火。

「來，好好看著我的臉說一次吧？真的完全沒事嗎？」

「啊，不……」

簡直像是隨時會吻過來的這個姿勢，使得政近說不出話。碰觸臉頰的雙手觸感，近距離看見的瑪利亞臉蛋，使得腦中的混亂變本加厲。此時，瑪利亞忽然像是關懷般下垂眉角。

「久世學弟，聽我說。你知道我是小瑪，聽過我的表白之後……不知道該如何是好的這份心情，我可以理解。害你為難，我也覺得過意不去。不過呢？我不希望你因而迴避我。」

「……」

「希望你難受的時候依賴我，希望你痛苦的時候對我撒嬌。希望你讓我看見你不想被艾莉看見的軟弱一面。『不能胡亂做出讓我期待的行為～～』這種事，你不必思考沒關係哦？因為和我喜歡你的心意無關，我是你的兒時玩伴……是你的學姊。」

「……」

總覺得瑪利亞正在說一件很感人的事，但是非常抱歉……政近沒什麼餘力聽進去。在兩人獨處的學生會室看見瑪利亞把臉湊得這麼近，政近的大腦完全過熱。

（撒嬌……可以撒嬌嗎？就算盡情抱緊，也會被原諒？）

異常發熱而昏沉沉的大腦，思緒開始朝著危險的方向傾斜。感覺自己隨時會把理性趕到九霄雲外，撲進瑪利亞的懷抱。

「我回來了～～」

就在這個時候，學生會室的門開啟，政近像是彈開般逃離瑪利亞的手。就這麼順勢轉身一看，門口是剛好入內的茅咲。茅咲就這麼將手放在門把，不悅皺起眉頭，以嚴肅表情環視室內。

「……怎麼回事？總覺得有種討厭的雄性味道。」

看來茅咲久違發動討厭男人的感應器。政近默默從座位起身走到茅咲面前，露出清澈的表情搭話。

「更科學姊……」

「嗯？」

「請賞我一記重設。」

「好，來了。」

就這樣，政近的理性與慾望都一起被重設得乾乾淨淨。

第9話 這些人的鬥嘴功力太強了吧？

「大致整合起來了耶～～！雖然剛開始真的很擔心趕不上……」

「說得也是。畢竟尤其是《Phantom》，必須從各種樂器的譜開始編寫……」

「是啊。不過大家一起合奏之後，就重新覺得這首《Phan……tom》是好歌。」

「直接唸《夢幻》就可以了啦……」

「作者居然讓步了，超好笑。」

「對不起，谷山同學。並不是對於曲名有什麼不滿……」

五人看起來完全打成一片，和樂融融地交談。政近在不遠處看著這光景，稍微歪過腦袋。

（唔～～……這樣需要我嗎？）

現在的政近頗為發自內心這麼認為。雖然早就覺得會比預料的還要順利，不過順利程度超過許多，政近沒有插嘴的餘地。

（個性這麼強烈的成員，我原本以為會很難整合……）

至少現在所有人都放鬆多餘的力道。而且位於核心的無疑是艾莉莎。帶領樂團練習的是沙也加，不過讓樂團團結一心的是艾莉莎。

沙也加原本就擅長帶動人心，卻不會主動貼近樂團成員的心。真要說的話，是會一臉正經說出「以你的力量肯定做得到。心理層面的問題？這種事和我無關，你去找朋友商量或是向戀人哭訴，自己重振精神吧。如果辦不到，我就把你的工作交給別人」這種話的類型。因為對於沙也加來說，所有人甚至連她自己都是棋子。自己是引導其他棋子的指揮官棋子，照顧其他棋子不是指揮官的職責。她的理性和感性徹底冷靜分割到這種程度。

（谷山擔任指揮官是超一流水準，但問她是否適合擔任指導者就不一定了……所以這次艾莉無意中成為照顧者的角色吧。不，說不定……這也是照著谷山的計畫在走？）

無論如何，既然是這種狀況，即使沒有政近的輔助，艾莉莎或許也能自己贏得樂團團長的寶座。這件事本身值得開心……不過這麼一來，真的會質疑自己身為經紀人有什麼存在意義。不必輔助艾莉莎，也不必安撫毅與光瑠的現在，自己到底該做什麼……

（……應該差不多要暫時休息了，去買些不傷喉嚨的飲料吧。）

總覺得像是運動社團的經紀人……政近在內心自嘲，靜靜走出音樂室。

「總～～覺得啊……」

政近背對五人的音樂來到走廊，隨即感覺莫名地疏離，不禁像是發牢騷般輕聲這麼說，然後對這樣的自己苦笑。

（看著那些傢伙順利進展卻感到不滿，我沒資格當經紀人了吧……）

既然順利進展到不需要經紀人的程度，那就是值得開心的事。說起來，政近擔任經紀人不是被某人拜託，是自己選擇這麼做。所以就算沒了工作，也沒有權利感到不滿。如果不願意這樣，從一開始就不應該邀請乃乃亞，而是自己加入成為鍵盤手。

（沒有啦，想想而已。）

政近很清楚自己做不到這種事。因為他已經沒意願再彈鋼琴了。這也是對於母親的賭氣，不過更重要的是……

（我的音樂……沒有讓人們露出笑容的力量。）

從以前就是如此。只要政近彈鋼琴，大家就會變得面無表情。面帶笑容為自己孩子的演奏鼓掌的家長們，在政近開始演奏之後也都會變得面無表情，並且以像是看見某種異物般的眼神看著政近。

（現在回想起來，那是完全被嚇到的模樣吧……哎，當時我也覺得自己是個不像正常孩子的小鬼，而且也不是很喜歡彈鋼琴。會純真表現開心模樣的只有有希……不對，記得還有一個傢伙露出超強烈的競爭心瞪向我……）

整體來說，政近對鋼琴沒有美好回憶。一旦這種人加入樂團也只會成為不和諧的雜音吧。

（說起來，如今要彈鋼琴也不知道還記不記得……）

政近思考著這種事，買了所有人的飲料回到音樂室的時候，五人正好在休息。

「辛苦了～我買了飲料——」

政近表面上露出若無其事的笑容舉起飲料罐，不過這張笑容立刻僵住。

「哎呀～話說回來，艾莉同學愈唱愈好了。不對，原本就唱得超好。」

毅不經意脫口說出艾莉的暱稱。至今在校內男生之中只有政近叫過的名字。聽到毅叫出這個名字，政近感覺漆黑的火焰一口氣燒灼臟腑。

「嗯？阿世，那是慰勞品嗎～～？」

「啊，啊啊……稍微抽空買的。」

聽到乃乃亞的呼叫，政近尷尬再度踏出腳步，把飲料罐放在附近的桌子。在這段時間，即使不願意也會聽到其他成員的對話。

「艾莉同學有在哪裡唱歌的經驗嗎？」

「沒特別的經驗……頂多就是小時候短暫加入聖歌隊？」

「咦，所以艾莉同學是天主教徒嗎？」

「並不是這樣。應該說現在俄羅斯的年輕人，幾乎都和日本人一樣不信教吧？」

不只是毅，光瑠也說出艾莉莎的暱稱。政近因為內心動搖加上強烈嫉妒而暈眩。

「怎麼啦，阿世？改叫你阿政吧。」

「阿政……？啊，沒有啦……」

政近對於乃乃亞的詢問尷尬一笑，拚命裝作若無其事般發問。

「剛才聽起來，樂團成員已經相互用名字稱呼了？」

「嗯？啊～～這是阿哩莎的提案～～」

「啊，是喔……」

艾莉莎的提案。換句話說，艾莉莎自己要求大家用暱稱叫她……

「啊～～……我去看一下班上的攤位。」

政近沒有自信繼續假裝鎮靜，留下這句話之後再度走出音樂室。

「～～可惡！」

然後，他在走到階梯的時候搔頭怒罵，以粗魯的腳步走向教室。總覺得現在看任何人都不順眼。

包括了輕易准許政近以外的人以暱稱叫她的艾莉莎，親密以暱稱叫她的兩名好友，以及……在這種地方發揮獨占慾的自己。

「嘖！」
內心空前煩躁的政近走下階梯。就在往下走到階梯轉角平台的時候，一個熟悉的聲音從後方叫住他。

◇

「咦？政近同學？」
想說剛回來卻又立刻離開，這樣的政近使得艾莉莎露出疑惑表情。沙也加對此輕聲嘆氣，冷淡向她開口。
「去追他比較好吧？」
「咦？」
「安撫他應該是妳的工作吧？為了避免後來不小心失和，請好好的和他談一談吧。」
「好的……我知道了？」
看起來依然沒什麼頭緒的艾莉莎，追在政近身後離開。沙也加目送她的背影，再度嘆了口氣。

「妳人真好耶～～沙也親？」

「什麼事？」

此時乃乃亞露出笑嘻嘻的表情搭話，沙也加皺起眉頭，然後轉過頭去扶正眼鏡。

「我只是為了讓所有團員維持萬全狀態，才會引導別人行動。」

「是哦～～？」

「……妳那是什麼眼神？」

乃乃亞掛著暗藏玄機的笑容，沙也加以不悅般的表情看她。此時，光瑠也稍微露出苦笑搭話。

「我也要說聲謝謝。剛才我也有點在意……但我覺得那時候由九……由艾莉同學出動是最好的做法。」

「咦？什麼？怎麼回事？」

毅打從心底一無所知，沙也加對他感到有點無力，同時不知為何覺得不太自在，所以走向自己的書包，從眼鏡盒拿出眼鏡布擦起鏡片。

「嗯？怎麼了？」

「啊，沒事……沙也加同學，妳拿下眼鏡之後給人的感覺差很多耶。」

「……啊啊，我也知道自己的眼神很凶惡。」

「不，我不是這個意思……該怎麼說，看起來很酷？我覺得不錯喔，嗯。」
「？」
總覺得毅好像有點慌張，但是沙也加現在取下眼鏡看不清楚。預料到令他莫名在意也不太好。沙也加從毅身上移開視線，迅速重新戴上眼鏡之後放下貝斯。
「我離開一下。」
「啊，廁所嗎？我也要去～～」
乃乃亞毫不害臊直接說出「廁所」，沙也加稍微對她投以責難眼神，嘆氣回答。
「……我只是稍微出去透透氣。」
「是嗎？那我陪妳。」
「……」
乃乃亞肯定不管怎麼說都會跟來吧。察覺這一點的沙也加只稍微賞她白眼就放棄，和乃乃亞一起離開音樂室。接著，乃乃亞立刻笑嘻嘻地搭話：
「哎呀～～話說回來，沙也親居然會顧慮到他們兩人的交情耶～～？」
「我剛才也說過，這是為了樂團。和私情無關。」
「就算這樣，但我覺得妳很關心阿哩莎啊？只要妳有這個心，應該早就更巧妙整合五人吧？」

「……難得玩樂團，我不想在多餘的事情費神，如此而已。如果有人能勝任團長，交給那個人負責會比較輕鬆吧？」

「也就是說，妳要把樂團團長的寶座讓給阿哩莎？」

「……」

感覺說什麼都只會被調侃，沙也加板起臉不再多說，然後瞪向乃乃亞稍微反擊。

「小乃妳嘴裡這麼說，但我看妳好像也比平常開心得多？樂團這麼好玩嗎？」

「啊～這個嘛～……」

這名兒時玩伴平常表露在外的情感並非出自真心，沙也加至少也有察覺這一點。也知道乃乃亞會隨時觀察周圍反應，表現出此時此地的最佳解。

沙也加早就察覺，卻沒有深究的意思。因為她知道這麼做比較可以和這名兒時玩伴和睦相處。

不過最近的乃乃亞，就沙也加看來也是自然散發愉快氣息。這對於沙也加來說是非常意外……同時也是非常開心的事。

「……總之，樂團或許比想像的還要好玩吧。」

「這樣啊。」

沙也加稍微放鬆表情，懷著平穩的心情在走廊前進。此時，前方轉角出現一個熟面孔並且停下腳步。

「咦，這不是雄翔嗎？」

「哎呀，好久不見了，宮前、谷山。」

這個人是鋼琴社現任社長，也擔任過國中部學生會幹部的桐生院雄翔。對於兩人來說，是在國中部選戰時以討論會打敗，從學生會長參選人名單踢出去，留下這段過節的對象。或許是沒意識到這件事，乃乃亞完全泰然自若……但沙也加終究做不到，稍微提高警覺面對雄翔。

「好久不見，桐生院同學。找我們有什麼事嗎？」

「不，沒要特別找妳們。在這裡遇見是巧合。」

雄翔說完聳肩，露出暗藏玄機的笑容。

「不過，我想問……之前聽到一個小道消息，妳們要在這次的校慶，和那個九条艾莉莎一起組樂團演奏？」

「是的，這件事怎麼了嗎？」

「沒有啊？我覺得挺意外的。因為沒想到妳居然會支持那種轉學生。」

毫不隱瞞自己話中有話的這種說話方式，使得沙也加不禁露出冷酷的表情，慢慢扶正眼鏡。

「『那種』是什麼意思？就我所知，你和九条同學應該沒交集才對。」

「就算沒交集也知道。妳應該懂我想說什麼吧？」

雄翔說到這裡，嘲諷般揚起嘴角。

「成為學生會長的人，應該是將來能對於來光會有所貢獻的人。能以財力或權力等所有力量推動日本的人，才適合成為學生會長……不過那個轉學生又如何？包括金錢、地位、人脈，她什麼都沒有。不只如此，甚至不知道她對於日本理解到什麼程度。那種人不可能適合坐上學生會長的寶座……我認為妳在這方面應該也贊成吧？」

雄翔的表情充滿強烈的自我意識與野心，從他平常貴公子般的舉止無從想像。但是沙也加無動於衷，輕聲嘆氣。

「我理解這個說法，但我不記得贊成過。」

「為什麼？妳也是身為谷山重工的社長千金，身為將來挺身背負日本的人，立志要進入來光會吧？宮前也是為了進入來光會協助家裡的事業更加發展才會出馬吧？」

「我？不，沒有啊？我只是因為沙也親想參選才會幫她。」

聽到乃乃亞的回答，雄翔明顯露出嘲笑表情，裝模作樣聳了聳肩。

「這我就嚇一跳了。沒想到每個人的想法都這麼膚淺……最近的學生會長真的被看扁了。」

來自正面的侮蔑，使得沙也加靜靜瞇細雙眼。但是沙也加還沒開口，掛著嘲笑表情的乃乃亞就先回嘴了。

「準優勝說起話來真是囂張耶。」

沙也加聽不懂這個稱呼的意思。但是效果很強烈。

瞬間，雄翔眉頭深鎖，扭曲的雙唇之間露出牙齒。但是這張表情立刻被虛假的笑容隱藏。

「妳真的是……我打從心底無法理解妳這種人為什麼受歡迎。」

「為什麼呢～～？我也不知道。」

雄翔的聲音令人感覺到沸騰般的憤怒，相對的，乃乃亞不以為意般看著指甲回應。

沙也加斜眼看著她輕聲嘆氣，然後以冰冷雙眼看向雄翔。

「雖然說了這麼多……不過總而言之，只是你自己想成為學生會長吧？」

「我對於學生會長寶座本身沒興趣。只是因為現狀必須成為學生會長才能進入來光會，我才會以此為目標。」

「這樣啊。話是這麼說，但我沒聽說你有在進行選舉活動。」

聽到沙也加平淡回擊的這句話，雄翔無懼一切般揚起嘴角。

「並不是只有高調爭取支持才算是選舉活動吧？」

話中有話的這個說法使得沙也加蹙眉。

「……這是什麼意思？」

「妳說呢？不過，如果以為周防與九条其中一人會成為學生會長，那就是太早下定論了。因為看起來愈是順利行事的人，愈容易在料想不到的地方被絆倒腳邊……總之，這件事和妳們沒有關係吧。」

雄翔裝模作樣聳肩，嘴角露出瞧不起人的笑容，睥睨沙也加與乃乃亞。

「我和妳們談過之後放心了……看來如果是現在的妳們，我完全不必提防。」

雄翔說完避開兩人踏出腳步。

「那麼後會有期。千萬不要事到如今冒出奇怪的慾望，好好享受樂團活動吧。」

雄翔在擦身而過的時候留下這段話，然後離開現場。沙也加轉頭看向他的背影，扶正眼鏡開口：

「雖然一點都不重要，不過腳邊是用來『看』的，絆倒的應該是『腳』吧？在擔心艾莉莎同學之前，要不要先懷疑你自己的日語能力？」

「沙也親超嗆的耶，笑死～～」

雖然是對於剛才被恣意數落的反擊，但是雄翔沒特別反應。沙也加也是輕哼一聲重新面向前方，就這麼再度踏出腳步。

「真是的，到頭來不知道他想說什麼……」

「應該是想宣傳自己正在暗中策劃某些事吧？畢竟雄翔的自我表現慾挺強的？」

「是這麼一回事嗎……」

「所以，怎麼辦？要隨口忠告一下呦希與阿哩莎嗎？」

聽到乃乃亞這麼問，沙也加瞬間皺眉之後，肩膀上下起伏。

「應該沒必要吧。無論他在打什麼鬼主意，要是周防同學與艾莉莎同學敗給他的策略，那也是沒辦法的事……這真的和我們兩人無關。」

「這樣啊。那麼～～我們就好好地坐山觀虎鬥吧～～」

雖然聲音悠哉，但是乃乃亞臉上隱約散發危險氣息，掛著看似愉快的笑容。沙也加即使察覺也沒有特別提及。

「總之，如果火星飛落到我們身上就拍掉吧。」

沙也加說完聳了聳肩。

◇

「政近同學！」

從後方叫住政近的這個聲音，令他瞬間板起臉。他只有現在不想見到這名女孩。

即使如此，政近還是立刻粉飾表情，若無其事轉過身來。

「……艾莉？怎麼了？」

「……那個，有點事。」

政近乍看像是感到疑惑的這張表情，使得艾莉莎游移視線變得結巴。然後她走下階梯來到轉角處，露出煩惱數秒的模樣，然後略顯猶豫地開口：

「你的樣子怪怪的……我總覺得很在意。」

「！」

沒想到不是被別人，偏偏是被艾莉莎關心，政近說不出話。但是移開視線的艾莉莎似乎沒察覺這個反應，戰戰兢兢地說下去：

「感覺你有點和我保持距離……我做了什麼嗎？」

對於這句話……政近抱持少許的反感。

「妳也是這樣吧？」

「咦……？」

「啊——」

不禁說得像是在怪罪，政近立刻感到後悔。最近確實覺得和艾莉莎有距離。即使不到被她迴避的程度……也莫名覺得她似乎不敢過於接近。但是沒道理在這時候責備這件事，這麼做只是在亂發脾氣。

「啊啊～～」

政近像是要甩掉煩悶心情般搔了搔腦袋，露出尷尬表情向艾莉莎低頭。

「對不起，我剛才是在亂發脾氣。」

「咦，嗯……」

「唉……總之就是那樣。那個，看到妳和那些傢伙處得那麼融洽，該怎麼說……」吃醋了。政近沒能將羞恥心拋棄到坦承這件事。

「那個……我覺得有點寂寞啦！」

取而代之脫口而出的話語雖然不是謊話，卻也不是實話。即使如此，政近還是一樣覺得難為情，低頭咬緊牙關忍受羞恥心情。

「……嗯～～這樣啊。」

此時傳入政近耳中的，是艾莉莎明顯隱含笑意的聲音。視線向上一瞥，直到剛才那張有點不安的表情消失無蹤。艾莉莎就像是找到老鼠的貓，笑嘻嘻看向這裡。

「看到我和毅同學他們相處融洽……你寂寞了？」

「毅同學」。聽到這個稱呼，政近自己也清楚知道眉心出現皺紋。位於正前方的艾莉莎當然也看見了。

「是哦～～？」

如同慢慢將獵物逼入絕境的貓，艾莉莎的雙眼瞇細散發嗜虐氣息，將臉湊得更近，然後在感覺得到彼此呼吸的距離向政近呢喃。

「難道說……你吃醋了？」

「唔！對啦沒錯！我吃醋了！我嫉妒了～～！我覺得這樣的自己很討厭又噁心所以逃走了～～！這樣妳滿足了嗎？」

政近像是任憑宰割般變得自暴自棄吐露一切。對此，艾莉莎笑得開心無比，輕輕離開政近。

「呵呵，是的，我非常滿足哦？」

艾莉莎以隨時會跳起舞的輕盈腳步，像是挑釁般繞到政近右側，然後將手放在羞恥發抖的政近肩膀，給他一個只輕觸臉頰的吻。

「！」

臉頰的觸感令政近瞬間僵住，然後彈起來般轉身。艾莉莎從下方看向他的臉，露出惡作劇般的笑容。

「放心吧？」

然後，她以俄語輕聲這麼說。

【因為你是特別的。】

聽到這句話，政近心臟用力一跳。

「什……什麼？」

政近以生硬語氣反問之後，艾莉莎稍微抬起下巴輕聲一笑，就這麼輕盈走上階梯，接著在階梯途中轉過身來，俏皮地以手指抵住嘴唇。

「那麼，既然政近同學這麼愛吃醋又怕寂寞，我就分一點時間給你吧。」

「咦？」

「校慶的空閒時間，我會陪在你身旁。所以你要拚命討我歡心哦？」

艾莉莎只說完這些就轉身背對，像是跳舞般走上階梯，消失在走廊方向。政近愕然目送她的背影，搖搖晃晃依靠在身後的牆壁，然後就這麼下滑坐在轉角平台。

「唔哇～～……那是怎麼回事？」

政近將瀏海抓得一團亂，發出近似呻吟的聲音，然後像是擠出話語般呢喃。

「……那樣應該犯規吧？」

政近自己也清楚感覺到臉頰發燙，知道內心像是笨蛋般樂不可支。心跳聲在耳邊撲通撲通有夠吵。連自己也只感到厭惡的這份醜陋嫉妒，艾莉莎包容了。不只如此，還做

出那種回應……

「～～～！嗚嘰～～！」

政近按住臉頰，回想起剛才的觸感劇烈掙扎。扭曲身體，額頭用力按向牆壁。此時樓下忽然傳來一些說話聲，政近因而回神。

「唔喔……」

他連忙站起來，拍掉長褲上的髒汙，然後像是逃跑般進入附近的廁所，決定在裡面暫時冷卻腦袋。就這樣讓心情稍微平復之後，以不太靈活的腳步回到音樂室。

「喔，回來了。」

毅隨即做出像是等待已久的反應，政近稍微歪過腦袋。

「……發生了什麼事嗎？」

「不，該說發生事情嗎……我們剛才聊到，要不要大家都用名字相互稱呼。」

「啊啊……這不是很好嗎？」

即使感覺內心再度激起漣漪，政近也沒表現出來，點頭同意。對於這個反應，毅咧嘴露出笑容。

「喔喔！果然很好吧！感覺很青春！」

政近稍微苦笑回應這張純真的笑容，此時光瑠向他搭話。

「話說在前面，政近你也一樣啊？」

「咦？」

「咦什麼咦……政近你不也是『Fortitude』的同伴嗎？」

聽到光瑠這句話，政近瞬間愣住……等到理解並接受這句話之後明顯苦笑。

「啊啊……說得也是。」

政近說著不經意看向艾莉莎，艾莉莎稍微聳肩只讓政近看見。她的舉止以及剛才說的那些話……使得政近內心靜靜變輕了。

（啊啊，說得也是……受不了，我在吃什麼醋啊？）

即使只有一瞬間，卻對這麼出色的好友們抱持灰暗情感，真是丟臉。就像是要隱瞞這份心情，政近看向沙也加與乃乃亞。

「那個，那麼……沙也加，然後，乃乃亞……這樣可以嗎？」

「總之……」

「可以吧？」

總覺得從來沒想過會以這種形式和昔日在學生會共事的兩人拉近距離，政近再度稍微苦笑。在他察覺的時候，原本在心中熊熊燃燒的昏暗火焰已經消失。

「唔唔，那麼……政近同學。」

「啊，有。」

「……總覺得心情好奇妙。」

「哈哈，是啊。明明國中時代在一起工作那麼久，卻到現在才……」

就在這個時候，政近莫名感覺到某種火焰的熱度。

（咦？我躺著也中槍？）

緩緩冒出冷汗的政近朝熱源一看，總覺得艾莉莎以冰冷眼神看向這裡。不過……

（等一下？這不就是反擊的機會嗎？）

剛才被淒慘戲弄的記憶，在政近內心激發惡作劇心態。就這樣，政近不經意接近艾莉莎，以周圍聽不到的音量輕聲呢喃。

「難道說……妳吃醋了？」

只要這麼說，艾莉莎也會嬌羞轉過頭去——

「你好煩。」

……並沒有。她凶巴巴地瞪過來了。

「啊，我好受傷。」

遭受到比預料強上十倍的反擊，政近暗自消沉。

◇

「這樣啊，看來很順利，真是太好了。」

在某棟高樓住宅的某戶，雄翔單手拿著手機通話。

「總之，或許多多少少會有人受傷……但是沒做到這種程度就沒意義對吧？」

脫口而出的危險發言，使得手機另一頭響起反對的聲音。不過雄翔絲毫不以為意，揚起嘴角。

「事到如今，你不會說要收手吧？如果你收手，副會長就……呵呵，沒錯吧？」

雄翔俊美的臉孔邪惡扭曲，像是嘲諷對方的愚蠢般嗤笑。即使如此，他依然就這麼以溫柔無比的聲音甜蜜呢喃，彷彿是引誘人類踏入歧途的惡魔。

「那麼，麻煩按照預定計畫進行喔……會長。」

就這樣，時光在許多人的心思複雜交錯的狀況下流逝……校慶終於開幕。

第10話 逞強與志氣

「那麼，第六十六屆秋嶺祭開始！」

征嶺學園的校慶，以執行委員長的這句廣播開始了。第一天沒有外部賓客而是只對內舉辦，所以執行委員也不會忙得那麼焦頭爛額……這樣的預測太天真了。

「久世同學！下一組表演者好像來不及準備！」

「再下一組呢？」

「還沒來？」

「大概要撐多久才夠？」

「那個……」

「請快點去問。這邊是場控。主持人，現在這組表演者退場之後，你可以稍微串場嗎？聽到請回答。」

秋嶺祭在體育館、講堂、操場這三處進行舞台企劃，這些舞台的營運工作主要由執行委員會、廣播社以及戲劇社負責。而且政近是執行委員長親自指名負責講堂舞台企劃的場控。不過當然是輪班制，場控除了他還有另外兩人。

『這裡是副場控，他們說還要兩分鐘。』

「收到。主持人，為了避免太趕，請串場三分鐘。燈光的話把舞台上的全部關掉，觀眾席的就這麼開著，再對主持人打聚光燈。拖到的時間是用後面的休息時間來補，所以預定換班的道具組請在串場的時候交接。」

政近瞪著執行進度表與節目時間表，以無線電向工作人員下達指示。對此，工作人員簡短回應收到指令。

工作人員半數以上比政近年長，不過他們的聲音絲毫沒有瞧不起政近的感覺。這是政近經過數次彩排累積的信賴證明。在政近的指揮之下，講堂的舞台節目雖然多少發生狀況，卻順利迎來和下一位場控換班的時間。

「那麼，之後就拜託您了。」

「好的～～辛苦了～～」

三年級的執行委員接棒場控工作，政近迅速只上個廁所就走向操場的舞台。操場的舞台企劃會場以三角錐區隔空間，舞台前面排列約一百張折疊椅。雖然還有零星空位，不過政近沒坐椅子，而是站在後方靠近三角錐的位置。

過了不久之後，舞台上準備了兩個座位與主持臺，熟悉的兩人現身了。

「猜謎研究社主辦！選戰猜謎對決～～！」

然後，戴著大禮帽的猜研社社長在最後走出來，宣布節目開始。政近一樣站在會場後方觀看。

並不是猜研社社長特別這麼指示的。只是在這個猜謎節目全貌不明的現狀，政近判斷最好保持出事時隨時能行動的態勢。綾乃看來也有相同想法，她不知何時在稍微遠離政近的位置，如同雕像般直挺挺站在該處。

「那麼馬上為各位介紹本次節目的主角，也就是兩位對戰者！」

身為主持人的猜研社社長做完自我介紹之後，將手伸向坐在舞台中央解答者座位的兩人方向。舞台上的螢幕隨即特寫有希的臉。

「肩負日本外交的周防家千金！未來的外交官擁有的知識量也貨真價實！從政治經濟藝能到次文化，任何話題都是駕輕就熟！她的博學多聞是否也能活用在猜謎對決呢？周防有希選手～～！」

接受介紹的有希面帶笑容朝觀眾席揮手。觀眾席隨即響起歡呼聲與指哨聲，周圍的學生接連像是被吸引般聚集過來。

「接下來是……轉學至今在段考未嘗敗績穩坐第一名寶座！學年頂尖的才女。這個稱號想必已經沒有任何人提出異議了！頭腦明晰文武雙全，天賦的才能依然深不可測！

在猜謎競賽也能繼續寫下不敗神話嗎？艾莉莎・米哈伊羅夫納・九条選手～～！」

「慢著，主持人超強！」

政近忍不住如此吐槽的同時，映在螢幕上的艾莉莎維持正經表情微微低頭。某方面和有希成為對比的這種打招呼方式，使得觀眾席送上熱度明顯不如剛才卻溫暖的掌聲與聲援。

（嗯～～……老實說，我以為聲援的差距會更加明顯……不過像是冷面偶像的這種感覺比想像的更讓大家接受嗎？這就是開心的失算了。）

政近適度拍手思考這種事的時候，前來會場的人潮慢慢平息。校內也很有名的兩大美少女參選人直接對決，應該原本就具備話題性吧，聚集的人數相當多。加上現在剛好是中午似乎也是一大誘因。聚集的學生們大多拿著簡便的餐點，看來是要一邊用餐一邊觀戰。

（座位坐滿，加上站著以及在會場外不時偷看的學生，大致有一百三十人吧。）

現在這個時間點，全校學生估計有兩成聚集在這裡。應該不會所有人都全程參加，不過只要有這麼多人，這場對決的詳細過程應該很快就會傳遍全校學生。

「那麼馬上開始吧！這次的猜謎對決，是在傳統美好的猜謎節目加上選戰要素，採用正統又劃時代的規則。不只是對戰的兩人，在場所有人當然都可以參加。題目全部是選擇題，沒有申論題。因為如果是申論題，幫所有人打分數會很辛苦。」

主持人稍微打趣這麼說，然後繼續說明：

「思考時間是我唸完題目的十秒！題目從六個類型出題，各五題。加上最後一題，合計以三十一題比較總分。除了對戰的兩人，總分最高的觀眾可以獲得豪華獎品，所以各位也請踴躍參加哦？那麼，關於最重要的參加方法……有一件非常重要的注意事項要先告訴各位。」

主持人在這時候停頓片刻，像是要讓會場所有人聽到般拉開嗓門。

「雖然真要說的話是當然的禮節，不過請各位在猜謎的時候務必安靜。嚴禁向兩名對戰者提供答案或提示，一旦發現就會立刻請出會場，當時的題目將會重新出題。各位沒問題吧？請務必保持安靜哦？」

在主持人再三叮嚀之下，觀眾的聲音逐漸變小。然後在觀眾完全沉默的時候，主持人滿足般笑了。

「謝謝各位的協助！那麼，請各位使用手機讀取這個螢幕顯示的QR碼，會連結到猜研社特製的解答表格。會場幾個角落設置的立牌也有印上網址與QR碼，也請各位多多利用。」

依照指示，政近也和周圍觀眾一樣舉起手機，讀取螢幕顯示的巨大QR碼。

（好厲害，居然特地做了這種東西嗎……慢著，嗯？）

讀取之後首先顯示的頁面，使得政近稍微揚起眉毛。上面顯示「你認為哪一人適合擔任學生會長？」這個問題，同時將有希與艾莉莎的名字列為選項。

（這是什麼，問卷調查？這是選戰要素嗎？比方說依照票數追加分數？）

冒出這種想法的政近觀察周圍，發現其他觀眾也有一些人有點困惑般環視周圍。

「那麼，在各位觀眾做準備的時候，先說明只適用於兩位對戰者的特別規則吧。如同剛才的說明，這是兼具選戰要素的猜謎。換句話說，兩位的搭檔君嶋綾乃同學與久世政近同學，也能以協助者的身分參加！」

不過自己的名字突然在這時候被叫到，政近連忙看向台上。

「周防同學與君嶋同學，九条同學與久世同學。兩隊各有一次使用『求救電話』的權利。正如其名，是向自己的搭檔要求救援的權利。想使用的時候請舉手說『求救』。可以用手機只在十秒內和搭檔通話。啊，到時候請把手機設定為擴音模式，讓大家聽得到對話內容哦？」

聽完主持人的說明，有希靜靜舉手。主持人點名之後，有希以麥克風擴大的聲音響遍會場。

「在這種狀況，請問猜謎的限制時間會變成幾秒？還有，既然設定為擴音模式，那麼對戰選手也會聽到提示的內容吧？」
「喔喔，恕我失禮了。如果使用求救電話，實際接收提示的時間，是在對戰選手的答案被鎖定之後，換句話說是猜謎時限的十秒過後。鎖定之後藉由十秒鐘的通話從搭檔那裡獲得意見，然後只有打電話的這一邊重新給予十秒的作答時間。」
「原來如此。那麼，兩人在同一題使用求救電話的時候呢？」
「每題只有一人可以使用求救電話。換句話說，在其中一人宣布求救的時間點，對手就不能在這一題使用求救電話。」
「我知道了，謝謝說明。」
「不客氣，您問的問題很好。順便說明一下，除了求救電話，君嶋同學與久世同學當然禁止給對戰者提示，請兩位注意。」
（這樣啊……所以我能告訴艾莉答案的機會只有一次嗎？哎，不過問題在於艾莉不知道答案的題目，我是否知道答案……）
政近一邊像這樣思考，一邊將視線移回手機畫面顯示的兩個選項。
（哎，就正常選擇艾莉吧。）
然後他點選了艾莉莎的名字，畫面隨即顯示「等候中……」的文字，成為讀取狀態。

「在最後，為各位說明各題的配分。其實這次猜謎的配分並非完全一樣。各類型的題目各自依照平均答對率配分。」

「什麼？」

政近聽到這段說明抬起頭的時候，面對兩名對戰者的主持人剛好轉身看向觀眾。

「各位應該都看過猜謎節目吧？平均答對率。愈高代表題目愈簡單，愈低代表題目愈難的那個數字。在這次的猜謎，我們猜謎研究社也自己算出了平均答對率。在大多數的猜謎節目裡，配分方式是簡單的問題十分、困難的問題二十分……不過這次使用的公式是『一百減掉平均答對率等於配分』！換句話說，平均答對率百分之八十的問題，配分是二十分。反過來說，如果平均答對率是百分之五，配分就是九十五分！」

「這麼一來……會怎麼樣？」

換句話說，簡單的題目幾乎無法拉開差距，困難的題目可以一口氣拉開差距。而且謎題不是申論題，是選擇題。這樣的話……

（在超難題亂猜卻猜中的話就很恐怖了。要是這時候一下子拿到七十分左右，後來的題目都是答對率超過九成的常識題，那就絕對追不上了……哎，不過終究不會這麼不平均吧。）

看來這種配分是最特殊的規則。

（整理一下規則，題目共三十一題，每題的作答時間是十秒，每題的配分以平均答對率來決定，艾莉與有希只有一次向搭檔求救的機會。）

總體來看，除了配分的規則，包括求救電話在內都沒有特別新奇的東西。其他觀眾大概也是相同意見，已經隱約洋溢著懶得再聆聽說明的氣氛。就像是察覺到這股氣氛，主持人詢問兩名對戰者：「還有什麼問題嗎？」兩人搖頭回應之後，主持人轉身面向觀眾張開雙手。

「讓各位久等了。那就開始吧！學生會幹部之間無情無義的猜謎大戰！」

然後他移動到主持臺，操作放在臺上的筆電。

「那麼～～……第一個類別是『社會』！第一題！」

螢幕配合他的聲音顯示題目內容。

「七大洲的最高峰之中，標高最低的是下列哪一個？」

（等一下，這問題不會太難嗎？）

政近在內心吐槽的時候，螢幕繼續顯示選項。

「①文森山，②吉力馬札羅山，③阿空加瓜山，④科修斯科山。那麼思考時間開始！」

「唔哇，真的嗎？」

吃驚心情還沒平息，螢幕右上方顯示的數字十就開始倒數，政近高速運轉大腦。

（我想想，首先不會是吉力馬札羅山，科修斯科山我沒聽過，是在哪裡？不對等一下，既然是七大洲的最高峰，以各洲的面積來看，澳洲與南極洲挺可疑的。不對，記得南極洲意外地大？這麼一來感覺澳洲的最高峰最低……阿空加瓜山記得在美洲某處，不過文森山是在哪裡啊……）

政近不到兩秒就思考到這裡，不經意低頭看向手機……然後愣住了。

「嗯？這是什麼？」

因為手機存在著意想不到的東西。題目與選項，還有右上的剩餘時間。到這裡都和舞台螢幕顯示的內容一樣。不過在題目文字上方……存在著舞台螢幕沒有的東西。

是兩個四方形的外框。分別寫上有希與艾莉莎的名字。

（這是……？啊，和剛才的投票有什麼關係嗎？）

政近如此心想，試著點選方框與名字的部分，但是沒有特別的反應。這兩個不明的圖示使得政近甚至暫時忘記猜謎歪過腦袋，不過在右上的倒數剩下四秒時，他自然而然明白這些圖示的意義了。

「嗯？」

寫著有希名字的方框出現④這個字。一秒後，艾莉莎那邊也同樣出現④這個字。

（咦，這難道是……兩人的作答狀況？）

許多觀眾和政近一樣發出疑惑與為難的聲音，卻也在主持人下達「請安靜」的指示之後立刻安靜下來。

（換句話說，這是既定的機制吧……？啊，我也得作答才行。嗯，果然還是沒聽過的這個科修斯科山比較可疑。）

有希與艾莉莎選擇相同答案也推了政近一把，他點選④的選項。一秒後，倒數讀秒來到零，選項被鎖定了。

「到此為止！那麼立刻公布正確答案！答案是～……④！科修斯科山！雙方都漂亮答對！這題的平均答對率是百分之六十八！所以兩人各獲得三十二分！」

（嗯？一般來說，不是要確認兩人的答案再公布正確答案嗎……慢著，啊，原來如此。解答席前面沒有螢幕，沒辦法讓觀眾看見兩人的答案嗎……）

兩人的解答席很陽春，只是在教室使用的課桌鋪上桌巾再放上平板電腦。桌子前面只垂下桌巾，沒有猜謎節目常見的，可以顯示兩人答案的畫面。

（舞台螢幕的那個八成是事先準備的發表資料，應該無法顯示答案……正因如此，所以才在這邊的回答表格顯示兩人的答案？就算這樣，還是覺得哪裡怪怪的……）

在政近思考的這時候，台上進行下一題。不過政近的注意力已經有一半以上在考察這個無法理解的答案顯示功能。這個不自然的機制有某種祕密。政近依照這份直覺讓大腦運轉。

（正常來想，只是可以用來參考她們兩人的答案吧？不過，即使像這樣強制顯示提示，也只會害得猜謎的樂趣打折扣……是方便大家和自己支持的對象選擇相同答案？這樣的話也可以解釋剛開始那份問卷的意義……不對，如果是這樣，就搞不懂為什麼要同時顯示兩人的答案了，明明只要顯示自己支持的那一方就好……）

「啊啊～～這題有人答錯了！正確答案是②！九条選手漂亮答對！周防選手選的③，很遺憾是金屬罐的符號～～！」

此時傳來的主持人聲音，使得政近回神抬頭。看來艾莉莎居然早早領先有希了。

（有一套喔，艾莉。這是預習出現成果了嗎？）

如果單純是課本裡的知識，艾莉莎不會輸給有希。不過政近猜想光是這樣應該無法在猜謎比賽獲勝，所以在這個猜謎對決的企劃通過之後，政近每次有事去猜研社社辦的時候，都會不經意看向社辦收藏的猜謎書籍記下所有書名，並且在後來準備這些書讓艾莉莎預習。結果艾莉莎將所有內容記在腦中，表現得比政近想像的還要完美。

（部分題目肯定是從那些書裡出的……雖然可能稍微修改調整，不過如果是艾莉就可以應付！）

看著搭檔的可靠模樣，政近感覺心情高昂，朝著台上的艾莉莎投以稱讚與打氣的視線。不過艾莉莎謹慎低頭看著平板電腦，沒和政近四目相對。

（……感覺她果然很緊張……希望她的專注力可以維持到最後。）

感受到一絲不安的政近，因為剛才沒聽到分數，所以看向手機想確認領先幾分，然後察覺各處都沒顯示有希與艾莉莎的得分。

（咦？台上也……沒顯示耶。剛才沒聽到果然不太妙嗎？）

政近有點慌張，但幸好主持人立刻公布兩人的分數。

「現在！第一個類別的題目出完了，雙方的分數是……周防選手一百四十八分！相對的，九条選手是一百九十二分！九条選手領先一步！」

「喔喔，比我想像的還要領先。」

老實說，艾莉莎在前五題領先，對於政近來說是開心的失算。但是不能掉以輕心。因為依照謎題的類別，經常存在著一口氣被逆轉的可能性。

比方說次文化與藝能，是艾莉莎特別不擅長的類別。政近只能祈禱本次的題目沒有這種類別……

「那麼進行下一個類別吧！第二個類別是～～……」

主持人的話語也令政近自然而然緊張起來。

「……『理科』！第一題是這個！」

政近鬆了一口氣，再度將注意力集中在用意不明的答案顯示功能。關於猜謎比賽本身，他判斷交給艾莉莎自己應付也沒問題。

（包含了選戰要素。也就是說……可以利用顯示在手機的兩人答案，為自己支持的參選人加油，這麼想比較自然吧？剛開始的問卷調查，是為了讓大家對於這種選戰要素留下印象……？正常來想，應該是在支持的參選人選錯答案的時候，從觀眾席送出暗號……可是這樣會犯規……）

或者是只要沒被發現就ＯＫ嗎？不過這樣有一個問題，就是兩名對戰者應該沒發現這個機制。在這個條件之下，而且在短短十秒的時限之內，政近不認為可以進行有效的「溝通」。

（不，反過來說，只要想辦法告知這個機制……對戰者從①到④依序變更答案，協助者在選到正確答案的時候點頭示意，就是十分有效的溝通吧。這……應該行得通？使用這種方法，就可以瞞著旁人溝通了。）

在選戰裡，這種程度的小動作只要沒被發現就毫無問題。即使多少有點明顯，只要不被掌握到證據，某方面來說反倒會被認為「雖然不知道怎麼做的但是好厲害」而提高評價。

（問題在於……要用什麼方法將這個狀況告訴艾莉。而且坦白說，題目從剛才就太難了，不知道是否能順利溝通出正確答案。）

政近姑且從剛才就確認題目內容，卻都是即使活用網路也不一定能在十秒內查到正確答案的難題。考慮到溝通時間，實際能調查正確答案的時間頂多五秒左右。

（唔～～果然很難溝通嗎……？）

即使如此心想，政近還是看向台上的艾莉莎，希望至少將這個狀況傳達給她。不過艾莉莎看起來全神貫注於手上的平板電腦，看都不看這裡一眼。

（……艾莉？）

艾莉莎明顯沒在注意周圍的這副模樣，使得不安與慌張同時在政近內心膨脹。

（不對，冷靜下來吧……我現在慌張也沒用。既然艾莉沒冷靜，那就得由我先冷靜才行。）

政近搖頭對自己這麼說，切換心情看向手機。

（首先確認有希那邊吧。如果她已經在作弊，回答的時候肯定會出現徵兆。）

政近如此心想，一邊注視手機上的有希答案，一邊也將注意力朝向站在不遠處的綾乃。不過看不出兩人有什麼特別可疑的舉動。

（和一開始沒什麼兩樣嗎……哎，我不認為綾乃會主動作弊就是了。）

如果是受到有希指示就算了，以綾乃的個性，她基本上不可能主動想出並且實行任何作弊手法。綾乃的本性過於善良，不會走這種旁門左道。

「現在，第二個類別的題目出完了，雙方的分數是……周防選手三百零四分！相對的，九条選手是三百九十分！結果九条選手更加拉開差距了！」

此時主持人的話語傳入耳中，政近感嘆發出「喔喔！」的聲音，然後以由衷稱讚的眼神看向台上的搭檔。

然而反觀當事人艾莉莎，她神經緊繃到沒有餘力注意這雙視線。

（到目前為止全部答對……預習的成果出來了。沒問題，我會贏。我會以自己的實力就這麼戰勝有希同學給大家看。）

短短十秒的思考時間，以及後續對答案時的緊張與安心感，以超乎想像的速度消耗艾莉莎的精神。想到現在進度還只到整體的三分之一，會懷疑自己是否能專注到最後，稍微失去自信。不過艾莉莎壓下自己這種軟弱心態，專心解題。

然而在下一瞬間，主持人說出的話語大幅撼動艾莉莎的心。

「下一個類別是『趨勢』！第一題是這個！」

主持人告知的題目類別，使得艾莉莎的危機意識三級跳。而且這份危機意識立刻被證明是對的。

「去年風靡一時的連續劇《偵探一家的假日》。主角在第八集這一幕說的台詞引發熱烈討論，以下哪一句才是正確的台詞？」

（唔，我不知道！）

記得至少在新聞報導聽過作品名稱，卻完全沒提到內容。即使想從畫面顯示的連續劇場景推理台詞內容……然而每個選項都只是部分字詞或語順不同，內容本身幾乎一模一樣。

（以解答者知道台詞內容為前提，端看是否正確記憶的題目……？這種題目，只能靠直覺來猜了……！）

瞬間，求救電話的存在浮現在腦海。但是艾莉莎立刻排除這個選項。

（沒關係，我在一般的類別不會輸給有希同學。假設在這個類別被逆轉，之後再反敗為勝就好。）

對自己這麼說的艾莉莎以直覺作答，然後懷著祈禱般的心情準備對答案。然而……

「正確答案是①！哎呀～～！九条選手在這時候第一次答錯！周防選手將總分差距拉近到只差一點了！」

答錯。這個事實沉重壓在艾莉莎的胃。免不了感覺內心在動搖，但她以鋼鐵般的意志克制慌張心情。

（沒關係。單純計算的話有四分之一的機率猜得中，所以就算用直覺作答肯定也能答對一兩題。只要能答對兩題，就算有希全部答對，我也不會被領先太多。）

「第二題！最近在社群網站爆紅的這個吉祥物，是哪縣哪市的在地吉祥物？」

（沒關係，兩題。只要能答對兩題……）

「第三題！最近成為話題的這個便利小物，是用來做什麼的工具？」

（沒關係，還有……）

「喔喔！這時候局勢終於逆轉！周防選手超越九条選手了！」

（下一題，下一題肯定會猜對……）

…………………………

「第三個類別的題目出完，排名對調了！周防選手是四百九十六分，相對的，九条選手是三百九十分！在這個類別，九条選手全部答錯受到重創！這是很大的差距！在前半三個類別結束的這時候，來聽聽兩位選手怎麼說吧！那麼首先是周防選手，剛才妳漂亮上演了逆轉戲碼對吧？」

「謝謝。題目比想像的還難，我好驚訝。猜研社的各位平常都在解這種題目嗎？」

「沒有啦，這次的題目我們也——」

主持人和有希正在說話，但是艾莉莎幾乎沒聽進去。她只能就這麼以失焦的雙眼凝視平板電腦，咬緊牙關。

剛才賭氣的結果，總分差距大到絕對無法只以一題翻盤。雖說早已抱持相當程度的決心，但在這時候發生全部答錯的最嚴重事態，艾莉莎也只能咒罵自己的差勁直覺。

「我為了在平常提供話題，會盡量掌握那一類的趨勢……不過艾莉同學不太熟悉流行的事物。我覺得剛才她也可以使用求救電話才對……」

此時被有希提到名字，艾莉莎回過神來。她從平板電腦抬起頭，筆直看向有希。有希也露出淑女般的笑容看著艾莉莎。

「明知是不擅長的類別卻不使用求救電話，這是在逞強嗎？難道說，只要我不使用求救電話，妳也不打算使用？」

逞強……確實沒錯。但這份逞強不是來自艾莉莎對於有希的競爭心態，是艾莉莎對於自己的逞強。為了自己，她一定要堅持逞強下去。

「……請問妳是為了什麼而接受這個企劃？」

聽到艾莉莎的反問，有希有點像是措手不及般眨了眨眼。艾莉莎不等有希回答，靜靜說下去。

「我是為了證明我自己的能力而接受這個企劃。藉以證明我有資格以學生會長參選人的身分，和政近同學一起站到台前。正因如此……」

此時，艾莉莎拿起自己放在桌上的手機翻面朝下。就像是展示自己絕對不使用手機的意志。

「這場比賽，我不會把政近同學拖下水。這場戰鬥的勝負都由我一個人承擔。」

這是壯烈到即使陷入絕境依然閃亮的決心。她志氣高尚的模樣奪走觀眾的目光。

「我要以我自己的實力戰勝妳。絕對不會輸。」

艾莉莎注入堅定意志的這段宣言，懾服在場的所有人。所有觀眾都像是連動都不敢動般屏住呼吸，連主持人都語塞好幾秒。在遠方守護艾莉莎的政近也不例外。

「艾莉……」

政近不由自主叫出搭檔的名字。不禁為她耀眼的模樣瞇細雙眼。

（啊啊……真是帥氣。）

政近由衷這麼認為。她為了成為自己心目中理想的自己而全力以赴的模樣好美麗。這份專注不懈的努力比一切還要尊貴。政近打從心底這麼認為。

（哈哈，根本不需要什麼作弊嗎……）

在些許羞恥的伴隨之下，政近放下手機。現在自己能做的就是相信搭檔。只需要相信艾莉莎可以憑著自己的實力克服劣勢並且從旁守護。

（話說回來……原來如此，她一直在想這種事嗎？）

最近她看起來莫名繃緊神經的原因，看來在於政近自己。雖然當時沒有特別當真，不過有希說的那些話是對的。

（我身為選戰的過來人在各方面提供助力，反而把艾莉逼得喘不過氣嗎……）

現在回想起來，感覺自己確實在各方面都非常勤快提供助力。或許是這種保護過度的行為，看在艾莉莎眼裡會覺得政近把她視為不成材的搭檔。

（不必擔心這種事……妳一直都走在我的前方喔。）

政近懷著少許感傷，注視台上的艾莉莎。在台上閃閃發亮的艾莉莎，以及只以普通觀眾身分注視她的自己。這就像是在暗示某種未來，使得政近冒出奇妙的孤獨感。

「那麼～現在就重整態勢，進入後半戰吧！」

此時主持人宣布比賽再度開始。同時觀眾這邊也響起熱情的聲援。

守護這場對決的所有人，已經不認為這只是校慶的餘興節目之一了。這是兩名敵對參選人賭上尊嚴的正經比賽。觀眾火熱的聲援確實呈現出這個事實。

「接下來的類別是～……『數學』！第一題是這個！接下來的立體物件，正確的展開圖是哪一張？思考時間開始！」

「唔哇……」

出現的題目難度，使得政近忍不住發出不敢領教的聲音。

怎麼看都不是能以十秒解答的題目。如果要在腦中依序組裝各個選項的展開圖，不知道十秒是否來得及組裝兩個。實際上，有希與艾莉莎在時間剩下兩秒時幾乎同時輸入的答案也完全不一樣。

「到此為止！正確答案是③！啊啊～～！雙方居然在這一題第一次全都答錯！」

「哎呀～～……這也是沒辦法的。」

這已經幾乎是靠運氣的題目了吧。政近如此心想而苦笑，然而……

「順帶一提，這一題的平均答對率是百分之十一！哎，只有十秒終究很難吧。」

「……啊？」

主持人接著說出的這段話，使得政近的笑容瞬間僵住。

（慢著……他剛才說了什麼？）

背脊竄過一陣發毛的感覺。明顯不對勁的情報撲進耳裡，鈍重的腦袋一口氣開始運轉。

（平均答對率是百分之十一？不對，不可能是這樣吧？就算是亂猜，以機率來說也是百分之二十五。考慮到多少有人可以憑著自己的實力答對，不可能低於百分之二十。實際數字卻是百分之十一？這簡直像是……）

簡直像是被有希與艾莉莎的錯誤答案誤導。

「！」

想到這裡的瞬間，政近覺得心臟用力跳了一下。呼吸頓時停止，像是恐懼的某種感覺迅速跑遍全身。

（慢著，慢著慢著換句話說——）

已經沒有餘力注意猜謎比賽的進展。政近按住嘴角，陷入自己的思緒。

（猜謎的平均答對率不是事先統計的，是「現場觀眾的答對率」？換句話說，觀眾可以操作配分嗎？不，可是就算操作配分，要是兩人都答對就沒有任何意義……等等，我是笨蛋嗎？）

明明就有。有一個方法能操作配分，讓有希與艾莉莎的其中一方有利。這個方法現在就在眼前。

（這個答案顯示功能就是這個目的嗎？）

極端來說，如果在場所有人都學艾莉莎作答的話會如何？如果艾莉莎答對，觀眾當然也全部答對，所以平均答對率是百分之百。換句話說配分是零分。而且如果是艾莉莎答錯、有希答對的狀況，說來恐怖，平均答對率是百分之零，只有有希可以一口氣獲得一百分。而且即使艾莉莎接下來連續答對多少題，也絕對無法彌補這段分數差距。

（哈，哈哈……這確實是選舉。觀眾們各自投下名為猜謎答案的票。艾莉與有希的得分會因為這些票而改變。）

恐怕在觀眾之中也沒幾個人察覺這個事實。至少現在還很少。

不過，如果察覺的人增加的話會怎麼樣？在場的觀眾之中，支持有希的人到底有多少？首先，肯定明顯比支持艾莉莎的人還要多。那麼，現在該做的是——

（集結協力者，請他們只跟著有希作答！藉此盡量減少得分的不公平！然後，還要做一件事——）

政近想到之後立刻開始行動。他將手機畫面移回主頁，開啟通訊錄，同時轉過身去準備暫時離開會場。

……政近的這個判斷本身沒錯。不過對於政近來說失算的是……有人遠比他更早察覺這個得分系統。

「喔，抱歉了，久世同學，可以請你停下來嗎？」

「呃……？」

政近轉身走沒幾步，就被認識的女學生擋在前方。在出師不利愣在原地的時候，又有兩個認識的女學生封鎖左側與背後的路線。

「妳們是……」

這三人是以「朋友的朋友」這種形式見過好幾次面的對象。既然這樣的她們擋住政近的去路，換句話說——

「非常抱歉，政近大人。可以請您停止輕舉妄動，安分待在這裡嗎？」

右側身旁突然傳來這個聲音的瞬間，政近拿著手機的右手被用力抓住。轉頭一看，不知道是從什麼時候來到這裡，熟悉的少女面無表情抬頭看著政近。

「妳……原來如此。」

現場超過一百人的學生之中，首先察覺這個猜謎得分規則的人……不是政近，也不是觀眾席的任何人。

「在下非常明白這是沒有禮貌的行為。不過，這一切都是為了有希大人的勝利……在這場猜謎對決結束之前，請容在下限制政近大人的行動。」

是有希的搭檔——綾乃。

第11話 勝者是？

原因有好幾個。

和政近不同，綾乃一直注視兩人的得分，所以最早察覺謎題的難度和平均答對率不符。和在場絕大多數的學生不同，綾乃沒看過猜謎節目，所以不會認定「平均答對率是事前統計的數字」。而且最重要的是……綾乃身為有希與政近的隨從，擅長預測主人的行動。

『那個，有希大人……請問您為什麼選擇在下擔任選戰搭檔？』

這是在第一學期結業典禮的學生會幹部致詞之後，綾乃詢問有希的問題。她自覺比起有希、政近以及其他參選人都要平庸，因而抱持主動退出的決心提出這個問題。

『在下認為以有希大人的立場，應該會想尋找更優秀也更有人望的搭檔……』

這不是自貶，是經過冷靜的自我分析而純粹提出建言。對於綾乃懷著強烈決心說出的這段話，有希滿不在乎般回答。

『嗯？總之以博取人氣的觀點來看，確實有人能吸到更多的票……可是這樣的話就贏不了哥哥吧？』

然後，她露出無懼一切的笑容這麼說。

『在這個世界上，說到能夠猜透我……以及哥哥想法的人，沒人比綾乃更優秀吧？所以……綾乃是我最好的左右手，同時也是對付哥哥的最強兵器。』

有希的這段話語深深刻在綾乃胸口。而且綾乃胸懷著這段話語，在這場猜謎對決開始之後，就立刻全力解讀政近的想法。

政近會根據自己手上現有的情報如何思考與行動？會從這些情報得出何種結論？平常用來協助政近而使用的預測能力，這次是為了妨礙政近而使用。

而且這麼做的結果，使得綾乃成功遠比政近先採取兩個行動。第一個行動是找來朋友直接妨害政近，另一個行動是……在這些朋友的協助之下操作得分。

「點選周防同學……啊，投好了投好了。接下來一直跟著九条同學作答就好吧？」

「是的，拜託您了。」

「收到～～我剛才也通知了班上的人，大家應該大多願意幫忙哦？」

「就是這樣，所以抱歉啦～～久世同學。因為這也是選戰。」

「學生會幹部應該不會做出用蠻力推開嬌弱女學生的粗暴行為吧？」

三名女學生將政近團團包圍，露出假惺惺的笑容。綾乃就這麼面無表情抓住政近的右手。

「我們不想來硬的。可以請你就這麼把手機收回口袋嗎？」

「來硬的……？具體來說，妳們想做什麼？」

完全被對方先下手為強，政近對這樣的自己感到煩躁。但他將這份煩躁化為笑意，暗自一笑。

（就算是四對一……以為四個女生贏得了我嗎？）

政近注入這份意志，朝周圍的女學生投以冷酷的視線。洋溢的危險氣息使得綾乃以外的女生收起笑容。

「如果您不願意聽從指示……」

在這樣的狀況中，綾乃面不改色，筆直注視政近告知。

「在下就會親吻政近大人。」

「收了。好～～我收了。我收好了～～」

政近立刻將手機塞進褲子口袋，順便像是投降般舉起雙手，然後就這麼依照綾乃的指示向右轉，乖乖重新面向舞台。

「請您就這麼別輕舉妄動，安分守護這場比賽進行下去。」

「是～～」

政近放下雙手，聽話點頭。這當然始終是表面上裝個樣子，腦中依然在擬定反擊的策略。政近已經從剛才的互動之中得到線索。

（掌握到全貌了……應該吧。再來就是要怎麼告訴艾莉……）

政近一邊在腦中整理思緒，一邊朝台上的艾莉投以強烈視線。但是艾莉莎果然沒察覺他的視線。

「現在，第四個類別的題目出完了。令人在意的雙方分數是～～……周防選手五百七十分！然後九条選手是四百九十二分！周防選手依然領先！」

（追不上……明明只剩下十一題了……）

剛才的出題類別，以答對題數來說，艾莉莎多答對一題。不過總分差距的縮小程度不如預期。

（依照現在的感覺……還要三題才追得上？不，更大的問題在於有希同學如果沒答錯，我就一定追不上了……）

灼熱的焦躁感逐漸在艾莉莎的腹部深處湧現。

（唔！不行！想了也沒用的事情就別去想！總之專心面對眼前的題目！）

艾莉莎就像這樣試著再度集中精神，但是毫不止息接連來襲的高難度題目，使得大腦終究開始表示疲勞。

「那麼進入第五個類別吧！類別是……『機智』！」

（機智……？總覺得又是要動腦的題目……）

愈是這種不祥的預感愈容易猜中。下一瞬間顯示在畫面上的是一連串的數字。

「下列數字是依照某種法則排列的。1，2，2，1，2，1，2，□，2，2，2，1。□要填入哪個數字？①1，②2，③3，④4。思考時間開始！」

（我想想，在這種時候要先計算有幾個數字！一，二……總共十二個！什麼東西有十二個？十二個月？對！舊曆呢？睦月，如月……不對！那麼是英語嗎？不對，是更加單純的……其他有十二個的東西是…………！地支！）

艾莉莎在腦中依序唸出十二地支，發現題目的數字是地支的音節數。

（午是「Uma」，未是「Hitsuji」……有三個音節所以是③！）

然後，她勉強在最後一秒點選③。即使隨即公布她順利答對，但因為有希也答對，所以總分差距沒縮小。

焦急的情緒爬上心頭。

（不可以……要專心。要專心才行。）

腦海閃過「敗北」兩個字。艾莉莎拚命趕走這兩個字，用力緊閉雙眼。在她睜開眼睛的瞬間，平板電腦顯示下一題。

「第二題！設置在這個會場的入口，寫著節目表的立牌上有幾顆星星——」

「求救。」

旁邊傳來的聲音使得思考停止。艾莉莎就這麼任憑頭腦當機看向聲音來源，有希掛著淺淺的笑容舉起右手。

「思考時間開始！」

此時傳來主持人的聲音，艾莉莎回神了。然後她重新閱讀題目內容……

「這是……什麼？」

艾莉莎發出茫然若失的聲音抬起頭。遠遠看得見寫著舞台企劃節目表的立牌。但是不知道立牌上畫了幾顆星星。不可能知道。因為從舞台這邊只看得見立牌的背面。

「到此為止！時間到！」

然後傳來這個無情的聲音。艾莉莎連忙低頭看平板電腦，不過選項已經變成灰色無法點選。

「呵呵，在同一題只有先宣告的一方能使用求救電話。」

隱含笑意的聲音傳入錯愕的艾莉莎耳中。轉頭一看，有希露出勝券在握的笑容看向這裡。

「聽到這個規則的時間點，我就覺得會有哦？以求救電話為前提的題目。」

有希就這麼乘勝追擊，毫不留情打擊艾莉莎的心。

這張笑容，這張眼神，明確告訴艾莉莎一個事實。數分鐘前的有希話語在艾莉莎腦中復甦。

『難道說，只要我不使用求救電話，妳也不打算使用？』

（中場休息的那個問題……是要試探我打算在什麼時候使用求救電話……）

艾莉莎不知道這個問題隱藏這種意圖，憨直回答自己不打算使用求救電話。

（在那之後，我就一直被有希同學玩弄在手掌心……）

感覺視野大幅扭曲搖晃。

「那麼時間是十秒，準備好了嗎？」

「好了。」

在模糊的視野中，拿著有希手機的主持人點選畫面，揚聲器開始傳出綾乃的聲音。

『有希大人，星星有七顆。正確答案是③。』

「這樣啊，綾乃謝謝。」

不可能錯誤。因為綾乃想必正在手機的另一頭親眼確認立牌吧。

有希溫柔向搭檔道謝，從容在平板電腦點選。結果當然是……

「周防選手答對！這一題的平均答對率是百分之二十六！得分是七十四分！」

「啊……？」

七十四分？也就是說……現在相差一百五十二分？

過於絕望的這個數字，使得艾莉莎這次真的覺得視野大幅扭曲。

不可能了。雖然不是絕對，但這不是最後九題能逆轉的總分差距。不，說起來有希至今一直在檯面下主導大局。即使現在開始掙扎也無力回天……

「那麼進行第三題！」

主持人正在朗讀下一題，艾莉莎卻聽不進去。本應映入視野的題目內容，大腦完全不想理解。被絕望與灰心填滿的大腦完全停止運轉，就只是心不在焉等待時間經過。

「求救！」

搭檔的響亮宣告，從遠方撼動艾莉莎的耳膜。

◇

（哇喔～～完全被注目了。哎，這是當然的。）

政近高舉右手大喊的瞬間，感覺到會場中的視線一下子都集中在自己身上。

站著觀戰的學生當然不用說，坐在折疊椅的學生也轉身看向這裡。啊啊，也包括依然圍在身旁的女生們。總之以他們的角度來看，政近是突然莫名其妙大喊，所以難免會這樣反應吧。

（不過……這可沒犯規哦？）

聽到有希說明求救電話的規則之後，政近也想起來了。想起主持人之前說的規則。

『周防同學與君嶋同學，九条同學與久世同學。兩隊各有一次使用「求救電話」的權利。正如其名，是向自己的搭檔要求救援的權利。想使用的時候請舉手說「求救」。可以用手機只在十秒內和搭檔通話。』

（求救電話，兩隊各有一次使用的權利。但你完全沒說過一定要由對戰者使用！）

政近將這個意念藏在眼神裡，視線筆直朝向主持人。然後主持人也慢半拍開口。

「呃～～九条選手的搭檔久世同學宣告要使用求救電話。沒有規定必須由對戰者進行宣告，所以完全沒問題。周防選手看來也已經作答完畢……所以馬上接通電話吧。久世同學，可以請你打電話到九条同學的手機嗎？」

政近揮手回應主持人這句話，並且輕聲牽制身旁的綾乃。

「正如妳聽到的，這是依照遊戲規則的行動。身為有希搭檔的妳，應該不可能在這麼多學生面前使用骯髒的妨礙手段吧？因為這麼做一定會冷場，也會害得有希顏面掃地哦？」

聽到政近這麼說，綾乃一副慌張又為難的模樣晃動雙眼。另外三名女生也像是不知道如何判斷般觀察綾乃。就在她們遲疑該怎麼做的時候，政近迅速打電話給艾莉莎。

「打來了！那麼九条選手，準備好了嗎？時限是十秒。」

拿著艾莉莎手機的主持人如此詢問，不過即使在遠方也看得出艾莉莎反應遲鈍。感覺得到艾莉莎如同束手無策般看向這裡的視線，政近則以毫不猶豫的眼神筆直看向搭檔回應。

（放心吧，妳沒做錯。妳的志氣與逞強沒有白費。多虧妳至今沒使用求救電話，才開拓出這條勝利之路。）

正因如此，所以政近已經決定要對她說什麼。那個志氣高尚的搭檔逞強至今，政近不會讓這份努力白費。要在這十秒告訴她的，並不是現在這一題的提示。

「那麼，開始！」

主持人點選手機畫面，兩人的手機接通了。應該在這十秒告訴她的是——

「艾莉！接下來都要在時間快到的時候作答！」

是摧毀敵方策略的策略，以及……在艾莉莎暫時裹足不前的這個時候，從身後推她一把的話語！

「艾莉！妳是適合擔任學生會長的人！我保證！所以直到最後都不要放棄！」

十秒到此結束。政近說出的話語乍聽之下完全不是什麼提示，因此周圍的人們除了部分例外，都以充滿疑惑與為難的視線相視。不過在這個時候，傳來一個回答眾人疑問的聲音。

「原來如此……」

出聲的不是舞台上的艾莉莎……是有希。

「在剛才那一題的時間點，我就覺得怪怪的……原來是這麼回事啊。」

有希慢慢說出這句話開頭，讓場中的視線從政近身上移向她，然後有希環視觀眾，說出決定性的話語。

「難道說，各位看得見我與艾莉同學的答案？」

還來不及抑制，慌張氣氛就在觀眾之間穿梭引起騷動。這是最好的證據。

有希從容一笑，繼續說下去。

「這場猜謎比賽的平均答對率，其實是從現在場中各位這裡即時統計的數字。這麼一來，公布答案後才公開平均答對率的原因，以及剛才那一題的平均答對率超低的原因，我都可以理解了。何況剛才的那一題本身，就是必須位於現場才能成立的題目。」

有希發出清脆的笑聲，詳細說明隱藏至今的規則。沒察覺這個規則的多數觀眾，露出吃驚又興奮的模樣專心聆聽她的說明。

「換句話說，在這場猜謎比賽，每一位觀眾都能操作答對率，藉以操作我們獲得的分數。確實加入了選戰要素耶。我覺得是很有趣的規則。」

有希瞥向主持人這麼說，然後從椅子起身，將手按在自己胸口，以真摯的態度向觀眾訴說。

「不過……我現在想和艾莉同學光明正大認真對決。聽到我現在這麼說，為了支持我而想要操作答案的各位。如果在場有這樣的人，我很高興各位有這份心，但是請不要這麼做。別插手干涉我們的對決。可以請各位相信我的勝利，靜靜守護我嗎？」

想進行不耍小手段的一對一戰鬥。有希這段話使得觀眾發出感嘆的聲音。看起來高潔的這副模樣令許多人著迷。不過政近以有苦難言的表情看著這一幕。

（嘖……真是高明……終究很高明。說起來，經過我剛才的指點，已經無法操作得分讓艾莉不利了。既然這樣，她就刻意主動揭發一切要求停止作弊，宣傳自己有能又高潔的一面。在剛才休息時間被艾莉吸引的觀眾，她用這招一口氣拉回原點是吧？）

實際上，有希的盤算看來漂亮實現了。直到剛才暗自期待艾莉莎反敗為勝的氣氛被一掃而空，如今現場完全是雙方都想支持的氣氛。

「我也要拜託其他人。接下來請不要看我們的答案，單純參加猜謎比賽好嗎？」

有希故作嬌憐的這個請求，使得觀眾全部開始照她的話去做。各自以手或是手帕遮住手機的部分畫面，表現自己的中立性。有希在短短一分鐘內帶動場中的所有觀眾，改變了比賽規則。

「唔唔！呃～～……請問可以了嗎？那就重整態勢繼續進行吧。」

「可以了，抱歉剛才中斷比賽。」

主持人這麼說完，有希行禮表示謝意，然後坐回椅子上。主持人也稍微苦笑回應。

「沒關係的，那麼接下來是九条選手的作答時間，重新倒數十秒開始！」

打完求救電話，艾莉莎重新獲得十秒的作答時間。剛才政近的話語沒有任何關於這一題的提示，然而艾莉莎作答的時候毫不迷惘。她在短短兩秒作答完畢，緩緩開口。

「政近同學，謝謝你。」

會場響起艾莉莎感謝的話語。同時，她以回復堅強光輝的藍色雙眼看向政近，政近理解到她已經從恍神狀態清醒。

「還有，感謝妳，有希同學。謝謝妳想要和我認真對決……這麼一來，我就可以光明正大戰勝妳了。」

「呵呵，這是我要說的喔。」

兩人以充滿鬥志的視線相視，觀眾情緒再度沸騰。

「雙方都作答完畢了！正確答案是……④！雙方都漂亮答對！」

然後立刻展現互不相讓的攻防，歡呼聲與喧囂聲更加熱烈。

即使主持人提醒在猜謎的時候要保持安靜，也已經完全沒人在意，不過這種提醒如今也失去意義了。

「不必這麼提防，綾乃。我已經不想搞任何小動作了。」

政近聳肩低頭瞥向身旁，綾乃默默晃動雙眼。

「再來就交給艾莉了。妳也相信有希好好守護吧。」

政近從猶豫該如何判斷的兒時玩伴身上移開視線，看向舞台。

實際上，政近的話語沒有虛假。他已經不打算再做什麼事了。因為該做的事已經做完，該傳達的話語也確實傳達了。

至今依然有支持有希的人們回應綾乃的號召而接連聚集在會場，但他們已經無法做出有利於有希的行動。以政近的角度來看，反而應該歡迎他們的存在。

「現在，第五個類別的題目出完了！接下來剩下六題，雙方的得分是～～……周防選手！七百七十六分！九条選手！六百八十分！周防選手依然大幅領先……不過接下來的難度又會明顯提升，配分恐怕也會更多，所以九条選手還有逆轉餘地！第六個類別是『超難題』！」

主持人說的沒錯，接下來連續是配分超過六十分的題日。不過這麼一來有希與艾莉莎都沒能全部答對，雙方都開始答錯。即使如此，艾莉莎還是勉強展現志氣，在這個類別答對三題，再度朝著答對兩題的有希接近一步。

「天啊，真是美妙又火熱的戰鬥！讓人手心冒汗的這場激戰，也已經只剩下最後一題了！第六個類別的題目出完，現在的得分是～～……周防選手！九百零四分！九条選手！八百八十分！分數只相差二十四分！」

勢均力敵的驚人戰況，使得會場的熱烈程度也達到巔峰。在這樣的狀況中，政近輕聲鬆了口氣。

「不愧是艾莉，了不起。」

政近收起手機輕聲鼓掌，綾乃朝他投以疑惑眼神。

「您要安心還太早吧？現在領先的依然是有希大人。」

綾乃提出理所當然的疑問，但是政近斷言回應。

「不，已經結束了。艾莉贏了。」

抱持確信的這段話使得綾乃瞠目結舌。政近稍微看向她開口。

「妳沒看過猜謎節目吧？正因如此，所以妳才會最早察覺平均答對率是即時統計的數字……但也正因如此，所以妳不知道某個慣例。」

「慣例……嗎？」

「是啊，傳統美好的猜謎節目……都會設計成可以在最後一題大逆轉哦？」

政近的話語使得綾乃雙眼晃動。但她立刻筆直看向政近，不服輸地回嘴。

「即使如此，只要有希大人答對，就絕對不會被逆轉。在下相信有希大人。」

「就算相信也無濟於事喔。因為多虧妳找來許多同伴，所以絕對會相差二十四分以上。」

「嗯？這是什麼意思……？」

政近沒回答，將視線移回台上。綾乃也像是被帶動般重新面向前方。

原本這個配分規則只要有人察覺，就是對於支持者較多的一方來說壓倒性有利的規則。說穿了並不公平。既然這樣，支持者較少的一方，也應該要有反過來大量得分的機會吧。而且如果這個機會是只獨立為單一題目的最後一題呢？那麼這一題會是什麼呢？答案在猜謎開始之前就出現了。

『你認為哪一人適合擔任學生會長？』

（說不定……如果有希知道這個問題，或許就會察覺了。）

然而為時已晚。兩人的支持率已經確定了。

「那麼進行最後一題！最後一題是～～……這個！」

主持人朝著螢幕大幅揮手，顯示最後一題。

「妳認為自己適合擔任學生會長嗎？請回答『是』或『否』！思考時間開始！」

過於奇特的最後一題，使得觀眾一陣譁然。艾莉莎露出吃驚表情抬起頭，政近將視線筆直和她的視線相對，然後微微地，穩穩地點頭。

【Кпобеде，Аля！（勝利吧，艾莉）】

艾莉應該沒有聽到這句細語。

但她露出有點為難又開心的笑容，將手指按在平板電腦。

「到此為止！雙方都作答了！那麼在這時候……我來說明最後這題的配分吧！」

主持人的話語引來所有人的注目。主持人全身承受眾人視線，朝觀眾張開雙手。

「參加這場猜謎的各位都知道，各位參加猜謎的時候，我們有請各位寫問卷，回答周防選手與九条選手哪一位適合擔任學生會長！至於最後這一題……說穿了！就是以這份問卷統計的兩人支持率來決定配分！是的！最後這一題的兩人配分不一樣！」

聽到這段話的瞬間，有希像是察覺一切，嘴角稍微露出苦笑。然後她朝著政近投以「真有你的」的視線。

「真可惜啊。」

政近輕聲說完，咧嘴向有希回以一個笑容。

「最後這一題的正確答案當然是『是』。不敢斷言自己適合擔任學生會長的人，沒有得分的權利！而且在答對的時候，會獲得『一百減掉自己的支持率』的分數！」

換句話說，這是對於支持者較少一方的補救措施。支持率愈低，最後一題的配分就會愈高，是一舉逆轉的特殊規則。

主持人在最後公開這個猜謎企劃的全貌，發表最終結果。

「最後一題，雙方都答『是』！然後，依照各自支持率算出的兩人得分是——」

終章 誓言

「哎呀，真的是超火熱的戰鬥。千金小姐也很可惜就是了……」

「不不不，可是以答對題數來說是千金小姐勝利吧？而且她一邊答題還把規則解析得那麼清楚耶？雖然最後被反超，不過以內容來說是千金小姐勝利吧？」

「說到答對的題數，那也是因為九条同學在『趨勢』類別全部答錯吧？除此之外的類別幾乎都是九条同學獲勝，以猜謎比賽的角度來看果然是九条同學勝利吧？」

「說到規則的解析，厲害的是綾乃妹喔！大家應該不知道，不過綾乃妹很早就察覺那個配分規則耶？」

「真的嗎？不過說到這個，久世也很厲害吧。使用求救電話的那個時候，我剛開始真的心想這傢伙在說什麼鬼話……不過肯定是因為他已經猜到最後一題的內容吧？」

「啊啊，就是那樣，我在最後也真的起了雞皮疙瘩。」

「我反倒是被九条同學的口才感動了。屈居劣勢卻表現得那麼光明正大……我成為她的粉絲了。」

「哎呀，這麼說的話周防大人也是喔。回應九条大人的意志，希望和她認真對決的那副模樣……非常英勇迷人。」

「說得也是……總覺得比賽結束之後，搞不懂以結果來說誰才是勝利者了。」

「畢竟規則挺特殊的。不過，很有趣！」

背對著觀眾們興奮討論的聲音，政近與艾莉莎在後台坐在折疊椅。營運的工作人員正在忙著準備下一個企劃，兩人周圍沒有任何人。激戰的餘韻還沒消退，兩人沒有特別交談，就只是並肩而坐。

「我想成為配得上你的搭檔。」

終於，艾莉莎輕聲這麼說，政近靜靜聆聽。艾莉莎也繼續看著前方斷續編織話語。

「你受到許多人的依賴……許多人認同你的能力。而且……好像把你與有希同學視為理想的搭檔……」

艾莉莎說到這裡語塞，朝聲音注入力量。讓好勝心與鬥志沸騰，堅定說出想法。

「所以，我想讓大家認同我的實力。想以自己的實力戰勝有希同學，證明我不是只被你拱出來的花瓶，證明我是適合成為你搭檔的人。我想要讓大家這麼認同……」

語氣說到後面變得微弱，艾莉莎下垂眉角看向政近。

「可是……我失敗了。結果要是沒有你的力量，我早就輸了。」

艾莉莎自嘲般這麼說，然後低下頭。她的表情被銀髮遮住看不見，但是放在裙子上緊握的雙手清楚表現她的內心。

（好耀眼啊。）

看到她率直承認自己無力而懊悔的模樣，政近感到羡慕，打從心底覺得這份高潔很尊貴。同時政近也有一種預感。

（總有一天……艾莉應該會不再需要我吧。）

現在不必焦急，今後艾莉莎會吸引許多人。艾莉莎真摯而且志氣高尚的處世態度，將會有許多人被打動內心，集結成為她的支柱吧。艾莉莎肯定會一如往常，在人群的中心不斷筆直前進。而且……至今依然被往事囚禁的政近，絕對跟不上她的腳步吧。

（如果……）

如果現在在這裡肯定艾莉莎的話語，說出「或許吧，不過今後我也會扶持妳，所以沒問題的」這種有點肉麻的話語，艾莉莎或許會依賴政近。或許會牽起政近的手，回應「今後也請多指教哦？」投以微笑。

然而這是不能做的事。即使自己無法以相同速度前進，也絕對不能朝著其實能獨自前進的人說出扯後腿的話語。

（我現在該做的是……）

政近默默站起來，繞到艾莉莎面前，當場跪下。彷彿是向公主發誓忠誠的騎士。

「艾莉，妳……從一開始就不會輸。」

這句話使得艾莉莎稍微抬起頭，朝著跪在面前的政近睜大雙眼。政近專注凝視這雙眼睛，溫柔捧起艾莉莎緊握的雙手。

「妳在台上展現的志氣與自尊，吸引了那個會場的許多人。我認為那個會場的許多人一定想為妳加油打氣。所以妳從一開始就不會輸。」

不需要華麗的詞藻。將發自真心的話語率直傳達給她就好。

「我做的事情，只不過是和同樣身為副會長參選人的綾乃戰鬥……將那場遊戲的勝利送到妳手中。比這種東西更有價值的寶物，妳已經先獲得了。那個會場的人們之所以被妳吸引，都是因為妳一個人的實力，是專屬於妳一個人的成果。所以妳沒有任何需要懊悔的事。」

政近的話語使得艾莉莎眼睛晃動。原本緊握的雙手，穩穩抓住政近的手。

「真的嗎？」

「嗯？」

「你真的認為……我得到大家的認同了？」

肯定是一直繃緊神經至今吧。她獨自苦惱，獨自奮戰。是政近不夠成熟才害她變成這樣。

「嗯，肯定沒錯。」

政近懷著補償的心態如此斷言，即使如此也不足以消除艾莉莎的擔憂。

「為什麼敢說得這麼肯定？」

「因為……」

政近在這一瞬間語塞，立刻覺得這樣的自己很丟臉。已經決定不矯飾言語了。政近秉持這份意志，說出正直的想法。

「因為……被台上的妳深深吸引的不是別人，正是我。」

聽到政近這麼說，艾莉莎眼睛睜得好大。政近希望自己的想法傳入她的心，繼續說下去。

「當時宣布要正面打倒有希的妳，比任何人都帥氣。這樣的妳是我的搭檔，我由衷感到驕傲。」

然後，政近稍微露出寂寞的笑容，堅定告訴她。

「所以，妳今後也繼續抬頭挺胸前進吧。扯妳後腿的傢伙，我會全部幫妳清除。」

即使這個傢伙就是我自己。政近只在心中補充這句話。

雖然並不是察覺這一點，不過艾莉莎忽然間露出含淚般的笑容。

「……謝謝。」

艾莉莎呢喃般說完，將雙手所握的政近的手按在自己額頭。

「我很慶幸你是我的搭檔。」

聽得出來是發自內心的這句細語，使得政近內心感受到一陣刺痛。他靜心忍受痛楚以免顯露在言表的時候，艾莉莎輕輕將手放回大腿，露出軟綿綿的笑容。

看見像是花朵綻放的這張笑容，政近也回以發自內心的笑容。兩人就這麼懷著柔和的心情相互凝視時……擔任營運工作人員的一名執行委員回到後台了。

「呃，咦？」

他看見手牽手跪下與接受跪下的兩人，像是受驚般後退，就這麼數度眨眼，慢慢將腳往後收……以困惑與害羞交織的模樣搔了搔腦袋。

「那個……這是求婚嗎？」

「不……不是啦！這只是我請他幫我把個脈……」

「不，艾莉，這個解釋終究太牽強了。」

政近忍不住吐槽之後，同年級的這名營運工作人員露出半笑不笑的表情後退。

「啊，那麼，兩位請慢聊……」

「等……等一下！」

艾莉莎連忙從椅子起身，卻也不能一直追著他前往舞台側邊。

「～～～！」

艾莉莎發出像是低吼的聲音，內心糾結是否要踏出腳步。斜眼看著這個反應一起站起來的政近露出苦笑。

「不，居然說求婚……說起來我們根本還不能結婚，妳說對吧？」

政近徵詢同意，艾莉莎卻掛著不服般的表情瞪了過來。

「雖然不能結婚……但應該可以訂婚吧？」

「不不不，別這麼認真回應。這兩種都免談啦。」

「哎呀，對象是我有什麼不滿嗎？」

頓時，艾莉莎像是抓準機會般揚起嘴角，露出小惡魔般的笑容。這張表情使得政近「嗚」地倒抽一口氣，連忙說出大眾論點逃避。

「我不是這個意思……單純是因為高一就訂婚也太離譜了吧？」

「哎呀是嗎？但我覺得只要心有所屬就沒關係。」

「啊？」

這句意外的回應使得政近揚起單邊眉毛，接著露出挑釁的笑容，立刻展開反擊。

「妳在這種場合這麼回應……我只覺得妳在暗中催促耶？這時候我應該拿出男子氣

概，請求妳和我訂婚嗎？」

對於政近像是「笑妳不敢」的這記反擊，艾莉莎像是瞧不起他般抬高下巴。

「笨～～蛋。」

然後，她以左手手指玩弄頭髮這麼說。

Ни за что!

後記

大家好，我是燦燦ＳＵＮ。是在非常吊人胃口的地方結束第四集，讓各位等待半年以上的燦燦ＳＵＮ。大概是這麼做的懲罰吧，這次的後記好像也多達十二頁。聽到我說這次「也」而覺得「咦？」的那邊的你。這是接續外傳第四．五集的話題。看過那本外傳的讀者應該明白，這次也按照慣例，接下來是沒什麼特別建設性的話題，所以沒興趣的人請闔上本書吧。

話說，真的很傷腦筋。沒想到連續兩集的後記超過十頁。上一集的心情亢奮得很奇妙，順勢一直寫就不小心寫完了……多虧如此，當時所寫的內容，我至今也有一半以上想不起來。這是真的。雖然要確認自己寫些什麼不是難事，但我總覺得留下了黑歷史，所以怕到不敢重新拿起來翻。現在的我非常接近平常的心理狀態，不太算是順勢就寫得出後記的狀態。

沒有啦，其實不需要逼自己寫後記，正常在後記後面放廣告就行哦？但是這在某方面來說好像不太對。畢竟我個人覺得在卷末放一堆廣告違反美學。而且雖然自己這麼說不太好，不過《遮羞艾莉》是頗為暢銷的作品。在這部作品刊登廣告，肯定可望產生相當好的宣傳效果。既然這樣，不覺得免費讓人刊登廣告很奇怪嗎？沒錯，要在《遮羞艾莉》刊登廣告的話就把廣告費！把廣告費交出來啊～～！

……在我說著這種話，一邊哀哀叫一邊寫著這篇寫再多也拿不到半毛錢的後記時，不免覺得前面那段話有著很大的矛盾。奇怪，難道這就是世間所說的本末倒置嗎？舉例來說就是……

……………………………………

……………………………………

……唔，總之算了。我舉不出什麼巧妙的例子。我正在一邊以「MagaPoke」重複播放廣告影片一邊思考，所以當然想不到。啊，這也是真的。我現在寫這篇後記的時間是二〇二二年的十一月五日，但我已經把每天看廣告影片可以開三次的寶箱（可以領取點數或是閱覽券）開完，正在高速翻閱看完之後可以領取點數的漫畫。順帶一提，我正在高速翻閱的漫畫是……哎呀？這個美麗又可愛的畫風是什麼？咦？這樣的美少女露出這麼美妙的看垃圾眼神？啊，啊啊～～！這……這部作品！

正是手名町紗帆老師繪製的漫畫版《不時輕聲地以俄語遮羞的鄰座艾莉同學》吧！

啊，這是謊言。超冷的這種調調連我自己都冒出雞皮疙瘩。不，漫畫版的艾莉真的是超美麗又可愛，看垃圾的那雙眼神也令我發麻，但我說自己寫這篇後記的時候正在高速翻閱漫畫這部分是謊言。因為我在換日更新的同時就在看了。不對，我早就預先看過分鏡稿與校樣了。

所以，我已經在上一集後記宣傳過了……應該吧。咦？有吧？記憶模糊所以不太確定……啊，宣傳過了。太好了太好了。話說書腰的封底那一面確實寫到會從十月開始連載。是的，正如預告所說，《遮羞艾莉》的漫畫版終於在「MagaPoke」開始連載。天啊真的是每一話都非常出色，我深感佩服。這真的是發自內心的感想。

說到漫畫化，依照作品可能會出現：「漫畫家該不會無視於原作擅自亂改吧？」或者是：「原作者真的接受這種成品嗎？」之類的臆測，不過以《遮羞艾莉》來說，原作者確實非常滿意。正是因為手名町老師基於「漫畫化必須使用原作者能接受的形式才能畫出最好的成品」這個信念繪製，所以我個人也放心交給老師負責。畢竟老師也會經常提出意見，而我也會反過來找老師討論。我每天都覺得和這麼優秀的漫畫家合作真是三生有幸。

總之，原作者非常滿意的漫畫版《不時輕聲地以俄語遮羞的鄰座艾莉同學》，定期在隔週的週六在漫畫ＡＰＰ「MagaPoke」連載。如同剛才所說，只要每天勤快收看廣告影片或是閱讀有點數可領的漫畫，很快就可以存到足夠的點數閱讀最新話，所以請各位務必捧場！

……啊，糟了。開頭寫到「接下來是毫～～無內容的廢文」，卻不小心全力進行重要的宣傳了。唔～～…………好，把這句改寫成「幾乎沒有內容」吧。總覺得意義沒什麼變，不過這是心情上的問題，心情。

話說這再怎麼說也是友社的漫畫ＡＰＰ，用這麼多篇幅宣傳沒問題嗎？總之請編輯大人檢查吧……手名町老師的事情也寫了很多，所以也得請手名町老師檢查。明明行事曆已經排得很緊繃了，要是繼續增加不必要的工作，編輯大人將會流鼻血突破極限。就某方面來說我還滿想看的。

啊，編輯大人好像真的很忙。因為相隔十二年再度出現的Sneaker文庫大賞作品也由他擔任編輯。這份重責大任，我這種人應該無從想像吧。編輯大人有在note聊到他挑戰這份重責大任的幹勁，這也是非常熱血的話題。經過起起落落的半輩子之後將要挑戰製作大賞作品當成至今的集大成，編輯大人述說的這段心路歷程令人胸口不禁一熱。我也想要像這樣以自己的文章感動別人……如此心想之後寫出來的後記長這樣。哈哈！

……不，等一下？說不定從現在開始也不遲。從現在開始寫出嚴肅又超熱血的心路歷程，或許還是可以撼動讀者的心。

擇期不如撞日。幸好篇幅還剩很多。好！開始吧！呃哼！啊，嗯嗯！唔，嗯嗯，呃哼！啊啊～～……好，咳咳……準備好了嗎？

現在我臉上是前所未有的正經表情。背後響起嗶嚕嗶嚕～～的洞簫聲，接著是鏗鏗鏗！的聲音…………？咦？那是什麼聲音？梆子嗎？我查一下……「歌舞伎」、「開幕」、「鏗鏗」……啊，看來是梆子。明明有說對嘛，我真厲害，全身洋溢著文化素質。呃，咳咳！

恕我失禮了。那麼重新來過……我想以正經又非常嚴肅的態度，說明燦燦SUN在「成為小說作家吧」開始寫小說，一直到《遮羞艾莉》出版的這段過程。

首先，我身為小說作家的第一步，是從大學的研究室開始的。我知道從一開始就是吐槽點，總之請聽我說。當時我是沉迷於網路小說的研究生。而且我所屬的研究室，是只要做得出成果就相當自由的研究室。是學生詢問：「教授，請問可以在教室看Youtube嗎？」教授會回答：「唔～～反正我也有在看。」的美妙研究室。加上休息室習以為常擺著幾瓶酒，所以學院的學生之間煞有其事流傳著「不會喝酒就進不了那間研究室」這種傳聞。順帶一提，《遮羞艾莉》現在混在各種學術期刊之中，一起陳列在那間休息室。說不定現在的學弟妹們正在低聲謠傳「只有喝酒的阿宅可以進入那間研究室」。啊啊，嗯，我知道各位想吐槽，總之等一下。

然後，理科的大學生或是畢業生應該知道，理科相關的實驗依照內容，會有相當長的等待時間。我做的研究也是，一旦開始至少就要花費十小時，不過一半以上都是等待的時間。在這段等待時間當然也可以做別的實驗、看論文或是上課，即使如此還是會有許多空閒的時間。

敏銳的人們或許已經知道了，沒錯。我開始在這些空閒時間寫小說。最初撰寫的是超過兩萬字的短篇。某天我抱著輕鬆嘗試的心態開始寫，寫著寫著不知不覺逐漸成形，首先拿給研究室的M學長看。記得這位M學長是大我兩屆的博士班學長，不過可說是當時我在研究室裡唯一的阿宅朋友，而且他本人立志成為小說作家，就我來看是前輩執筆者。這位M學長勸我說：「寫得不錯，要不要找地方投稿？」所以我在至今只當讀者的網路小說網站「成為小說作家吧」，第一次以作者身分投稿小說。

然後這麼做的結果，獲得了大到超乎想像的迴響。完全覺得寫小說很愉快的我，開始接連投稿小說。老實說，剛開始寫小說的這個時期，我也隱約對於出書抱持憧憬。與其說是想要成為小說作家，應該說希望自己的小說受到業界專家認可，以小說的形式留在世間。對於這件事本身，我下意識地抱持憧憬。任何人應該都曾經一度希望「想要在活著的時候，在這個世界留下任何一個屬於自己的痕跡」，我這份憧憬就是這種願望的形式之一。並不是想要寫小說賺錢，或是想要改編成動畫之類的宏大願望，只是想在這個世界留下一本「燦燦SUN這個小說作家曾經存在」的證明……不過我很快就放棄這個淡淡的夢想。

因為我不擅長寫長篇小說到驚人的程度。這不是謙虛，是事實。說來話長，我在寫作的途中會增加各種想寫的東西，所以無論如何整體來看難免變得冗長。加上我生性做事容易膩，寫得愈長愈難維持劇情的品質。我自己閱讀自己連載的小說，明白這怎麼看都是外行人隨興所寫的水準，不是值得出書的玩意。

但是另一方面，我非常適合寫短篇。「想寫這種場面」、「想寫這種角色」，只有這樣的靈感不斷湧現，所以我非常適合撰寫這種以單一靈感決勝負的短篇。後來我的帳號有數千人登錄收藏，我的短篇逐漸開始登上短篇排行榜。結果在某段時期，甚至發展成短篇綜合排行榜前三百名的作品有十八篇作品是我的小說。只不過幾乎都在一百名以下，只有一篇作品進入前五十名。

是的，這篇作品不是別的，正是《遮羞艾莉》短篇版。在我投稿《遮羞艾莉》短篇版一個月後的二〇二〇年六月中旬，我收到一則洽詢出書的訊息。

「啊？」

這是我發現這則訊息發出的第一個聲音。然後，寄出這則訊息的是那個Sneaker文庫的編輯，使我大吃一驚。嚴格來說並不是「洽詢出書」的階段，而是「要不要以出書為目標，將短篇寫成長篇？」的洽詢。即使如此，我心中「不……應該不可能吧？」的這個想法還是比較強烈。就像是在外行人大賽創下不錯成績的短跑跑者，突然被要求成為職業馬拉松選手。不過就算這樣，能夠獲得專業編輯，而且是頂尖Sneaker文庫編輯的青睞，還是感到榮幸又開心，所以我即使不知所措，還是決定先聽編輯怎麼說。

後來透過遠端連線和我接觸的不是別人，正是現在的責編宮川大人。宮川大人首先對於《不時輕聲地以俄語遮羞的鄰座艾莉同學》這個標題以及「但是她不知道我聽得懂俄語」的簡介讚不絕口表示非常完美，不只如此，還熱情述說《遮羞艾莉》短篇版的魅力，對我說：「我個人覺得這部作品有很大的可能性，請務必和我一起以出書為目標好嗎？」我被這份熱情打動，也回答：「請務必多多指教。」

接著，首先說定從劇情大綱的製作開始，我和宮川大人的第一次遠端連線結束了。通往出書的道路突然在面前開拓。以為早就已經放棄，名為「出書」的淡淡夢想或許可以實現。突然從天而降，出乎意料的這個可能性，使得我從胸口深處吐出一口氣……輕聲說出這句話：

「好！寫新的短篇吧！」

……這是真的。我再說一次，這是真的。不是虛構情節。實際看我的網路小說網站帳號就知道，後來那段時間我也正常投稿短篇作品。

令人驚訝對吧？在這個世界上，即使聽到宮川大人這樣懷抱強烈熱情的人滿腔熱血這麼說，還是難以打動某些人的心。就是我。請各位罵個痛快吧。

容我稍微解釋一下，當時真的是寫短篇寫得正起勁的時期。加上我在各處聽說這種出書的洽詢經常進行到一半就不了了之……感覺比起遠方不知道是否會問世的十萬字，眼前確實會問世並且獲得迴響的六千字比較重要。然後單純也因為我是非常懶得挑戰新事物的人。嗯，這不算是解釋吧。我清楚感受到世間的小說作家以及立志成為小說作家的人們，對我的好感度正在呈現斷崖式下跌。世間偶爾會有「陪朋友參加甄選，結果卻是我獲選」這種人，請把我也當成同類吧。即使是我這樣的人，也會以意想不到的形式被機會找上門。這個世界就某方面來說既公平又不公平。

如此缺乏向上心與行動力的我，之所以能夠在歷經種種之後完成《遮羞艾莉》第一集，完全是多虧宮川大人。對於受到鼓勵也遲遲沒動力的我，宮川大人胸懷熱情不斷鼓勵我無數次。為了抱持「沒有讀者感想絕對寫不出十萬字啦～～」這種天真想法的我，宮川大人每一話都傳送詳細的感想給我。寫這本《遮羞艾莉》第五集的時候也是，我問：「目前沒有艾莉的養眼場面，刊頭彩頁還是讓她脫衣服比較好嗎？」宮川大人立刻回答：「請務必為了全體國民這麼做。」收到這個回覆，我由衷覺得：「啊啊，可以和這一位共事真是太好了。」

像這樣回顧，我就覺得自己的作家人生真的備受貴人協助。編輯宮川大人當然不用說，以畫師ももこ老師、漫畫家手名町紗帆老師為首，協助將《遮羞艾莉》推廣給世間大眾的各位，以及在背後全面支持我兼職寫作的父母。《遮羞艾莉》這部作品真的有許多人的扶持才得以成立。我試著說出聽起來還不錯的感言盡量回復好感度。唔～～怪怪的耶？我自認說得相當正經，好感度卻好像下降了？看來自說自話這種行為，某些人還是不要做比較好。話說明明開頭強調「接下來是幾乎沒有內容的廢文」，怎麼寫了稍微有點內容的話題了？這不像我的作風。啊～～沒辦法了。把這句改成「接下來是沒什麼特別建設性的話題」好了。

　此時，寫著寫著發現已經沒篇幅了。唔～～果然是那樣吧。我不適合寫正經事。而且後記也不是愈長愈好。我覺得短一點反而比較寫得出有趣的東西。寫太長就無法維持品質，寫短一點比較能發揮本領。是的，我果然是短篇寫手。這正是伏筆回收，另一個說法是穿鑿附會以下略。

　無聊的事情說到這裡真的快沒篇幅了，所以差不多進入謝辭的部分吧。總是總是非常照顧我的編輯宮川大人，這次也回應我的細部要求繪製出色插圖的ももこ老師。接受邀稿畫出冰山美人之艾莉宣傳圖的キンタ老師，同樣接受邀稿畫出紳士狂喜之瑪夏宣傳圖的緒方てい老師。還有參與本書製作的所有恩人以及拿起本作品的讀者們，容我致上強烈到過曝的謝意。謝謝大家！希望還能在第六集見面。後會有期。

P.S.看完這次的後記，心想「喂，怎麼啦居然這麼正經，你是冒牌貨吧？」的那邊的你，看來你很懂喔。給我來體育館後面一趟。

《遮羞艾莉》
今後也請各位
多多支持與指教

我和班上第二可愛的女生成為朋友 1 待續

Kadokawa Fantastic Novels

作者：たかた　封面插畫：日向あずり　彩頁、內頁插畫：長部トム

第六屆カクヨム網路小說大賽特別賞得獎作——
別人眼中的「班上第二可愛」，在我心中是最可愛的

沒朋友的低調男前原真樹交到第一個朋友——朝凪海。男生都說朝凪同學是「班上第二可愛」。這樣的她只有在週五的放學後會偷偷來我家玩。從平常能幹的模樣，實在難以想像私下的她既率直又愛撒嬌。青澀年少男女之間的愛情喜劇就此開幕——

NT$270/HK$90

安達與島村 1~11 待續

Kadokawa Fantastic Novels

作者：入間人間　插畫：raemz　角色設計：のん

長大成人的安達與島村會去哪裡旅行？
描述不同時期兩人間的夏日短篇集

小學、國中、高中——夏天每年都會嶄露不同的面貌。就算我每一年都是跟同一個人在同一段時間兩個人一起享受夏天，也依然沒有一次夏天會完全一模一樣。這是一段講述安達與島村兩人夏日時光的故事。

各 **NT$160~200/HK$48~67**

國家圖書館出版品預行編目資料

不時輕聲地以俄語遮羞的鄰座艾莉同學/燦燦SUN作；哈泥蛙譯. -- 初版. -- 臺北市：臺灣角川股份有限公司, 2023.07-
冊； 公分. -- (Kadokawa fantastic novels)

譯自：時々ボソッとロシア語でデレる隣のアーリャさん
ISBN 978-626-352-694-5 (第5冊：平裝)

861.57　　112007618

Kadokawa
Fantastic
Novels

不時輕聲地以俄語遮羞的鄰座艾莉同學 5

（原著名：時々ボソッとロシア語でデレる隣のアーリャさん 5）

2023年7月27日 初版第1刷發行
2024年8月27日 初版第5刷發行

作者：燦燦SUN
插畫：ももこ
譯者：哈泥蛙

發行人：台灣角川股份有限公司
總監：呂慧君
總編輯：蔡佩芬
主編：林秀儒
編輯：黎夢萍
設計指導：陳晞叡
美術設計：吳佳昀
印務：李明修（主任）、張加恩（主任）、張凱棋、潘尚琪

發行所：台灣角川股份有限公司
地址：104台北市中山區松江路223號3樓
電話：（02）2515-3000
傳真：（02）2515-0033
網址：www.kadokawa.com.tw
劃撥帳戶：台灣角川股份有限公司
劃撥帳號：19487412
法律顧問：有澤法律事務所
製版：尚騰印刷事業有限公司
ISBN：978-626-352-694-5
